# 突撃警部

(『密命警部』改題)

南 英男



祥伝社文庫

目次

## 本書に登場する主な警察関係者

真崎《まさき》　航《わたる》……38歳。警視庁刑事部長直属特捜警部。目黒《めぐろ》区中根《なかね》在住。
天野勇司《あまのゆうじ》……51歳。刑事部長。警視長。
馬場義明《ばばよしあき》……47歳。参事官。天野の右腕。警視正。
野中賢人《のなかけんと》……35歳。博徒《ばくと》系暴力団追分組組員。真崎の相棒で元部下。
逸見《いつみ》　淳《じゅん》……42歳。警務部人事一課主任監察官。警部。一カ月前に射殺される。
小寺昌幸《こでらまさゆき》……33歳。新宿《しんじゆく》署生活安全課。巡査部長。
戸松尚哉《とまつなおや》……29歳。上野《うえの》署組織犯罪対策課。巡査長。
徳岡修平《とくおかしゆうへい》……28歳。神田《かんだ》署交通課職員。
新高《にいたか》　明《あきら》……45歳。警務部人事一課首席監察官。警視正。
三橋圭佑《みはしけいすけ》……39歳。調査員。元警視庁総務部会計課職員。半年前にホステスと心中。
堺《さかい》　光一《こういち》……48歳。総務部会計課会計監査室次長。
滝沢昌之《たきざわまさゆき》……64歳。警察OB親睦団体『桜田《さくらだ》警友会』会長。元警務部第一課次長。
大門俊樹《だいもんとしき》……35歳。公安部外事第二課課長補佐。

# 第一章　殉職《じゅんしょく》の背景

1

　刃物を脇腹に突きつけられた。

　メガバンクの渋谷《しぶや》支店に足を踏み入れた瞬間だった。真崎航《まさきわたる》は反射的に身構えた。

　十二月上旬のある日の午後だ。二時を回っていた。

「騒ぐんじゃねえぞ」

　かたわらに立った三十四、五歳の男が、圧《お》し殺した声で真崎を威《おど》した。

　その右手には、真新しいステンレス製の文化庖丁《ぼうちょう》が握られている。刃渡りは十七、八センチだろうか。男は、アイスホッケーのＧＫ《ゴールキーパー》用の白いマスクで顔面を覆《おお》っていた。中肉中背だ。銀行強盗だろう。

「こ、殺さないで！」

突然、左横で初老の女性が哀願《あいがん》した。声は震えを帯びていた。

真崎は視線を巡《めぐ》らせた。

六十代半《なか》ばと思われる痩《や》せた女性は黒いスポーツキャップを目深《まぶか》に被《かぶ》った男に片腕を掴《つか》まれ、首筋にサバイバルナイフを押し当てられていた。鋸歯刃《セレーション》は少し皮膚にめり込んでいる。

居合わせた客は、真崎を含めて九人だった。一様《いちよう》に身を竦《すく》ませている。頰《ほお》を引き攣《つ》らせた者もいた。

二十代後半とおぼしきサラリーマン風の客が逃げる素振りを見せると、真崎の横にいる犯人が凄《すご》んだ。

「おまえが逃げたら、この女を刺すことになるぜ」

「そ、そんなことはやめてください」

「うるせえ！　ついでに、おまえも刺してやるか」

「勘弁してください」

「おとなしくしてりゃ、怪我《けが》はさせねえよ」

「ほ、本当ですね？」

「ああ。床《ゆか》に腹這《はらば》いになんな」

「わかりました」

背広姿の男が命令に従う。全身を小刻みにわななかせている。血の気《け》がない。

二人組は、人質に取った二人以外の客をすべてフロアに這わせた。男が四人、女が三人だ。

「支店長はどいつだ？」

文化庖丁を手にした男が大声で問い、カウンターの向こうを見回した。行員《こういん》の数は二十人近い。女性がやや多かった。

一拍置いて、四十七、八歳の男が名乗り出た。縁《ふち》なし眼鏡《めがね》をかけ、知的な面差《おもざ》しだ。名札には青山《あおやま》と記《しる》されている。

「あるだけの金をおれたちに寄越《よこ》すんだ。いくらある？」

「四千数百万円ありますが、お客さまからお預かりしたお金ですので……」

「渡せない？」

「は、はい」

「いい度胸してるじゃねえか。おれたちを甘く見てると、皆殺しにしちまうぞ」

「お客さまに乱暴なことはしないでください。どうかお願いです」

「だったら、早く銭《ぜに》を出しなっ」

文化庖丁を握った男が声を張った。

支店長の青山が天井を仰《あお》いでから、二人の男性行員に何か指示した。部下たちが金庫のある場所に向かう。ほかの行員たちは自席で怯《おび》えている。揃《そろ》って顔面蒼白《そうはく》だ。

「人質は、おれひとりで充分だろうが？」

真崎は、文化庖丁を持った犯人に小声で言った。

「おまえ、あまりビビってないようだな」

「刃物で威《おど》されてるんだから、平静ではいられないよ。人質にされた年配の女性は解放してやってくれないか」

「そうはいかねえな」

「少し頭を冷やせ。銀行強盗が捕まらなかったケースは稀《まれ》だぞ。行員の誰かが警備会社に通じている防犯ブザーを押してるにちがいない。じきにパトカーが駆けつけるだろう」

「そうなったら、おれたちは銀行に籠城《ろうじょう》すらあ。それで、人質を楯《たて》にして逃げるよ」

「楽観的だな。強盗未遂なら、少しは罪が軽くなる。もう諦《あきら》めろ」

「てめえ、お巡《まわ》りみたいな口をききやがって！」

男が毒づくなり、膝頭《ひざがしら》で真崎の太腿《ふともも》を蹴《け》った。

真崎は相手に肘打《エルボー》ちを見舞いそうになったが、すぐに思い留《とど》まった。人質に取られた初老の女性に危害が加えられるかもしれない。深呼吸して、焦《あせ》りを抑《おさ》える。

三十八歳の真崎は警視庁の刑事だ。並の捜査員ではない。刑事部長直属の特捜警部である。男臭い顔立ちで、体躯《たいく》も逞《たくま》しい。

本庁刑事総務課には刑事部特別捜査係が幾人かいるが、そのひとりではなかった。非公式に密行捜査をする隠れ捜査員だ。真崎は敏腕刑事と知られていたが、いわゆる優等生タイプではない。正攻法では追い込めない犯罪者には反則技も使う。そうしたアナーキーな側面もあった。

真崎は、一年数カ月前まで本庁捜査一課強行犯《きようこうはん》殺人犯捜査第六係の係長を務《つと》めていた。ある殺人未遂事件の加害者の扱いを巡り、警察官僚《キャリア》の担当管理官と対立することになった。

問題の事件の加害者は超大物政治家の甥《おい》だった。加害者は殺意をもって被害者をスパナで殴打《おうだ》して重傷を負わせたのだが、担当管理官は有力者の圧力に屈《くっ》してしまった。単なる傷害事件として地検に送致するため、自ら関係調書を改ざんしたのである。警察官失格だろう。

気骨のある真崎は上司の不正に目をつぶることができなかった。内部告発する気になった。

その矢先、卑劣《ひれつ》な罠《わな》に嵌《は》められた。担当管理官に金で抱き込まれたキャバクラ嬢によって、下着泥棒に仕立てられそうになったのだ。真崎はつい逆上し、担当管理官を大腰《おおごし》で投げ飛ばした。彼は柔剣道とも三段だった。

その不始末は上層部の判断で、マスコミには伏せられた。しかし、当事者の二人にはペ上司のキャリアは離島の所轄署に飛ばされた。は、副署長に任命されたようだが、明らかに左遷《させん》だった。真崎真崎は、天野勇司《あまのゆうじ》刑事部長預かりの身になった。

五十一歳の天野は警察官僚《キャリア》のひとりだが、いかなる場合も是々非々《ぜぜひひ》主義を貫《つらぬ》く。後輩キャリアの担当管理官を庇《かば》うことはなかった。硬骨漢《こうこつかん》と言えるだろう。出世欲はないようだ。

真崎は、天野の右腕である馬場義明《ばばよしあき》参事官を窓口にして、特別捜査に携《たずさ》わっている。捜査本部事件や継続捜査の支援活動が多い。四十七歳の馬場も警察官僚だが、エリートぶったりはしない好人物だ。

密行捜査には特典があった。特別手当こそ支給されないが、捜査費用に制限はなかった。イタリア製のベレッタ92FSの常時携行も許されている。

さらに専用の覆面パトカーとして、黒いスカイラインも貸与されていた。特捜指令が下されないときは毎日が非番と同じだった。登庁する必要はなかった。

基本的には単独捜査なのだが、真崎は麻布《あざぶ》署刑事課勤務時代の部下だった野中賢人《のなかけんと》を相棒にして、隠れ捜査をこなしている。

所轄署刑事のころ、二人は何日も連続殺人犯宅を張り込んだ。ある夜、張り込みを突破しようとした被疑者が野中を背後から日本刀で叩き斬りそうになった。

とっさに真崎は被疑者に体当たりして、部下を庇《かば》った。当然の行動だろう。

しかし、野中は真崎を命の恩人と思っているようだ。いつも快く捜査に協力してくれている。頼りになる相棒だが、もう彼は現職刑事ではない。やくざだ。

無頼刑事だった野中は惚《ほ》れていたクラブ歌手が錠剤型覚醒剤『ヤーバー』を常用していたことを知りながら、故意に国外逃亡させた。それで懲戒免職になり、およそ四年前に博徒《ばくと》系の暴力団に入ったのである。

野中が盃《さかずき》をもらった追分組《おいわけぐみ》は千二百人の中規模組織だが、麻薬の密売と故買《こばい》ビジネスには手を染めていない。違法カジノ、管理売春、風俗店、金融業、興行、解体業などをシノギにしている。

野中はいまも任侠道《にんきょうどう》を重んじる追分組に惹《ひ》かれ、盃を受けたのだ。

彼自身も、昔気質《かたぎ》の無法者だった。堅気《かたぎ》や女子供を泣かすようなことはしていない。俠気《おとこぎ》があり、きちんと筋《すじ》を通す。

ただ、無類の女好きだった。真崎は妻子持ちだが、野中は独身である。ホテルやマンスリーマンションを塒《ねぐら》にしていた。別れた女たちにまとわりつかれることを嫌っているのだろう。

タイプはまるで異《こと》なる二人だが、なぜだか気が合う。巨漢のアウトローは裏社会で生きていても、救いようのない極悪人は懲《こ》らしめてやりたいという気持ちを失っていない。

その点で、通うものがあった。三つ違いだが、真崎は野中に友情めいたものを感じている。

これまでコンビは八件の殺人事件を解決に導《みちび》いた。といっても、表向きは真崎の手柄になっていない。しかし、そのことで特に不満は感じていなかった。真崎は凶悪犯罪の捜査そのものが好きだった。猟犬のように獲物を追うスリルがたまらない。

真崎は野中に捜査協力費という名目で金を何度も渡そうとしたが、頑《がん》として受け取ってもらえなかった。それでは、なにやら心苦しい。真崎は時々、こっそり手入れ情報《ガサ》を野中に流してやっている。少しは借りを返せるのではないか。刑事失格だろうが、何らかの形で返礼したかった。真崎は異端者で、法律やモラルに囚《とら》われていなかった。

真崎たち二人は、たいてい人目につかない場所で接触している。暴力団関係者になった野中に捜査協力してもらうのは、法的に問題があった。真崎はしばしば変装して、相棒と会っていた。

遠くからパトカーのサイレンが響いてきた。二人組の強盗犯がにわかに落ち着きを失った。真崎は声を発した。

「おれの予想通りだったな。もう観念したほうがいい」

「この野郎、ぶっ殺すぞ。てめえ、何様のつもりなんだっ」

文化庖丁を持った男が気色《けしき》ばんだ。そのとき、仲間が不安顔で口を開いた。

「矢尾板《やおいた》さん、パトカーがやってくるよ。逃《フ》げたほうがいいんじゃない？」

「ビビるな、堀《ほり》！　おれたちは二人も人質を取ってるんだ」

「けど……」

「警察《サツ》に包囲されたって、突破できらあ」

「早いとこずらかったほうがいいと思うけどな」

「なんでえ、根性ねえな。おまえもおれも借金で首が回らねえんだ。堀、計画通りに籠城するぞ」

　矢尾板が共犯者に告げて、支店長に出入口のシャッターを下ろさせた。客と行員たちが相前後して溜息《ためいき》をつく。

「おい、早く現金《ゲンナマ》を持ってこい！」

　矢尾板が支店長の青山に怒鳴《どな》った。

「いま、部下たちが……」

「遅い！　遅いんだよ。防犯ブザーを押したのは誰なんだ？」

「わたしです」

「で、警備会社の奴が一一〇番通報しやがったんだなっ」

「そうでしょう」

「おれを怒らせたんだから、覚悟しておけ。後《あと》で半殺しにしてやる。その前に通用口に逃走用の車を用意してもらおうか」

「えっ⁉」

「てめえ、刺されてえのか」

「もう逃げられないと思いますよ」

「おい、死にてえのかよっ。おれを苛《いら》つかせるんじゃねえ」

「すみません」

「逃走用の車のほかに二機のパラ・プレーンを調達しろ！　いいな？」

「パラ・プレーンといいますと、パラシュートにプロペラとエンジンを組み合わせた物ですね？」

「そうだ。本店かどこか支店に電話して、急いで二機のパラ・プレーンを調達させろ。パラ・プレーンなら、どこからでも離陸できるし、道路や広場に着陸可能だからな」

「パラ・プレーンを手に入れるには時間がかかると思います」

「だろうな。だから、待つよ。けど、おれの指示に逆《さか》らったら、客と行員の喉《のど》をひとりずつ掻《か》っ切るぞ」

「言われた通りにしますので、どうか気を鎮《しず》めてください。お願いです」

青山支店長が哀願して、自席に歩み寄った。立ったまま机上の固定電話に手を伸ばす。

本店に連絡するのか。

青山が受話器を持ち上げた直後、人質に取られた六十年配の女性が小さな声を洩《も》らした。両手で顔を覆い、その場に屈《かが》み込む。どうやら恐怖のあまり、尿失禁してしまったらしい。

「この女、小便を漏《も》らしやがった」

堀が顔をしかめて、跳《と》びのいた。女子行員でもいいけどな」

「堀、ほかの客を人質に取れ。サバイバルナイフを握ったままだった。

矢尾板が命令した。堀が無言でうなずき、ひと 塊《かたまり》 になっている七人の客に顔を向けた。

反撃のチャンスだ。真崎は横に跳《と》び、矢尾板の顔面に右のロングフックを浴びせた。

相手の骨と肉が鈍《にぶ》く鳴った。矢尾板が体をふらつかせる。

真崎は矢尾板を肩で弾《はじ》き、すかさず右腕に手刀《しゅとう》打ちをくれた。ステンレスの文化庖丁が床に落下し、二メートルほど滑走した。

尻餅《しりもち》をついた矢尾板が上体を傾け、庖丁を摑《つか》もうとする。真崎は矢尾板の腹部を蹴った。

矢尾板が横に転がって、体を丸める。弾みで、ゴールキーパー用のマスクが外れた。色が浅黒く、凶暴そうな面構《つらがま》えだった。だが、筋者《すじもの》には見えない。半グレだろうか。

「てめえっ！」

堀が喚《わめ》き、サバイバルナイフを振り翳《かざ》して突進してくる。

真崎は体の向きを変えた。数秒後、サバイバルナイフが斜め上段から振り下ろされた。刃風《はかぜ》が唸《うな》る。空気が縺《もつ》れ合った。しかし、切っ先は真崎から四十センチも離れていた。威嚇《いかく》の一閃《いっせん》だったにちがいない。

真崎は堀を睨《にら》みつけながら、床から文化庖丁を手早く拾い上げた。刃先を矢尾板の頸部《けいぶ》に密着させる。

「刃物を捨てないと、仲間の首が血に染まるぞ」

「はったりだろうが！」

「甘いな。見てろ。こいつの首から血がしぶく」

「おい、やめろ！　矢尾板さんを刺したり、切ったりしないでくれよ」

堀がうろたえ、サバイバルナイフを遠くに投げ捨てた。

真崎は濃紺のダウンパーカの内ポケットからＦＢＩ型の警察手帳を抓《つま》み出し、二人の強盗未遂犯に呈示《ていじ》した。警察官は非番の日でも手帳を携帯しなければならない。

矢尾板と堀が顔を見合わせ、絶望的な表情になった。客と行員が一斉に拍手する。真崎は目を伏せた。面映《おもはゆ》かった。

「シャッターを上げていいのでしょうか？」

青山が真崎に訊《き》いた。

「ええ、そうしてください」

「わかりました」

「先にあの方を奥に……」

真崎は、尿失禁した初老の女性に目を向けた。青山支店長が近くにいる女性行員に目配せする。
三十二、三歳の女性行員がブランケットを持って、カウンターから出てきた。しゃがみ込んでいる年配女性の腰に手早くブランケットを巻き、奥の休憩室に案内した。
シャッターが巻き揚《あ》げられた。

渋谷署地域課の制服警官たちが行内になだれ込んできた。五人だった。後《あと》から所轄署の刑事と機動捜査隊の面々もロビーに飛び込んでくる。

真崎は刑事であることを明かし、凶器の文化庖丁を渋谷署の捜査員に手渡した。二人組は身柄を確保され、うなだれている。

真崎は事件経過を機動捜査隊の主任に詳《くわ》しく伝えた。客や行員たちは事情聴取を受けると、次々に見えなくなった。真崎は現場検証に立ち会った。事件現場を出たのは午後五時近い時刻だった。

真崎は近くのデパートに足を向け、貴金属売場に直行した。きょうは妻の美玲《みれい》の三十六回目の誕生日だった。

真崎はダイヤのネックレスを購入し、ついでに息子の翔太《しょうた》が欲《ほ》しがっていたゲームソフトも買った。

小学四年生の息子はサッカーとゲームに熱中していた。勉強はどうも苦手のようだ。妻はひとり息子の行く末を案じているが、真崎は放任主義を変えていない。学業よりも体力づくりのほうが大事だ。交友関係や遊びも大切ではないか。

真崎の自宅は、目黒《めぐろ》区中根《なかね》二丁目にある。東急東横《とうきゅうとうよこ》線の都立大学《とりつだいがく》駅から数百メートルしか離れていない。建売住宅だが、敷地は六十数坪ある。

真崎は文京《ぶんきょう》区千駄木《せんだぎ》で生まれ育ち、都内の私大を出て警視庁採用の一般《ノンキャリア》警察官になった。親の遺産が数年前に入ったことで、一億円以上の不動産を得ることができたわけだ。

そのことでは感謝している。

生家を相続したのは、四つ違いの姉だった。姉夫婦と二人の姪《めい》が実家で暮らしている。二人だけの姉弟《きょうだい》だが、年に数回しか顔を合わせていない。

姉はリベラルな洋画家で、弟が国家権力に与《くみ》するような職業に就《つ》いたことを恥じているようだ。真崎は体制側の人間と思われているが、実は中道派だった。

右にしろ、左にしろ、偏《かたよ》った考えの持ち主は苦手だ。自分の人生観や価値観を他者に押しつける独善的な人間も敬遠したい。権力や権威を振り翳す者は軽蔑さえしている。成金は受け入れがたい。

真崎は犯罪を憎んでいる。だが、人は憎んでいない。そのスタンスは、今後も変える気はなかった。

デパートを出たとき、懐《ふところ》で刑事用携帯電話《ポリスモード》が着信音を発した。ポリスモードは、五人との同時通話ができる。写真やメールの送受信も可能だ。制服警官たちにはPフォン《ピー》が貸与されている。機能は、ほとんどポリスモードと変わらない。

発信者は天野刑事部長だった。

「また特務で動いてほしいんだ。いまは自宅にいるのかな?」

「いいえ、渋谷にいます。野暮用《やぼよう》を済ませたところです」

「そうか。できたら、すぐ登庁してもらいたいんだ」

「わかりました。では、後《のち》ほど……」

真崎は電話を切り、タクシー乗り場に急いだ。

## 2

低層用エレベーターが停《と》まった。

警視庁本庁舎の六階である。本庁舎は地上十八階建てで、二層のペントハウス付きだ。屋上にはヘリポートがある。

地階は四階まであった。地下一階から三階までは車庫で、四階は機械室になっている。

真崎は函《ケージ》から出た。さりげなくエレベーターホールを見回す。四階は
知った顔は目に留《と》まらなかった。ひとまず安堵《あんど》する。真崎は非公式の特別捜査を担《にな》っている。刑事部長室に出入りする姿は、なるべく見られたくなかった。

本庁舎では、約一万人の警察官・職員が働いている。エレベーターは高層用、中層用、低層用に分かれていた。おのおの利用するエレベーターが異《こと》なるせいか、顔見知りは意外にそれほど多くない。

六階には、刑事部長室、捜査一課、組織犯罪対策部の刑事部屋などがある。真崎はダウンパーカを脱ぎ、デパートの手提《さ》げ袋の中に突っ込んだ。

大股《おおまた》で刑事部長室に向かう。真崎はドアの前で、ふたたび周《まわ》りを見た。無人だった。

真崎はドアをノックし、名乗った。すぐに天野刑事部長の声で応答があった。

「入ってくれないか」

「失礼します」

真崎は入室した。出入口側に置かれたソファセットに天野と馬場参事官が坐《すわ》っている。向かい合わせだ。天野は制服姿だった。

馬場参事官はスリーピースをまとっている。職階は天野が警視長、馬場は警視正だ。

「きみがメガバンクの渋谷支店で二人組の強盗犯に人質に取られたことは、機捜《きそう》の初動班

から聞いたよ。とんだ災難だったね。無傷で何よりだ」

　天野が犒《ねぎら》う口調で言った。

「未遂のうちに二人の被疑者の身柄《ガラ》を確保できて、運がよかったと思います」

「いや、運じゃないな。きみの勇気と使命感の勝利だよ。渋谷署は感謝してるそうだ。ご苦労だったね」

「は、はい」

「逮捕された二人はそれぞれ恐喝と傷害の前科《マエ》がある半グレで、街金《まちきん》に数百万円ずつ借金があったそうだ。厳しい取り立てに耐えられなくなって、銀行に押し入る気になったようだな」

「そうなんでしょうね」

「デパートで買物をしてから、銀行に行ったのかな？」

「いいえ、逆です。現場検証に立ち会ってから、デパートに寄ったんですよ。きょうは、妻の誕生日なので、プレゼントを……」

「そうだったのか。そういうことなら、早く帰宅させないとな」

「お気遣《きづか》いは無用です。特捜指令のほうが大事ですので」

「そんなことを言ってると、美人妻に逃げられるぞ。冗談はともかく、掛けてくれないか」

「はい、失礼します」

真崎は一礼して、馬場参事官のかたわらに腰かけた。

「今度の事案《じあん》は、身内殺しの捜査なんだ」

「参事官、一カ月ほど前に池袋《いけぶくろ》署管内で発生した警官殺しを調べ直せとおっしゃるんですね？」

「そう。本庁警務部人事一課監察の逸見淳《いつみじゅん》主任監察官が四十三歳で殉職したことは記憶に新しいだろう？」

「ええ。逸見さんとは顔見知りでしたので、哀惜《あいせき》の念が深いですね」

「若くして亡《な》くなったことが惜しまれるな。逸見警部は正義感の塊《かたまり》のような男だったんで、職務に励みすぎたんだろう」

馬場がしんみりと言って、コーヒーテーブルの一点を見つめた。人事一課監察は、警察官や職員の犯罪や私生活の乱れをチェックしている。

監察のトップは首席監察官だ。職階は警視正で、その下に二人の管理官がいる。その下にランクされているのは四人の主任である。四人の主任監察官はチームリーダーだ。ちなみに〝監察官〟と呼ばれているのは、首席監察官、二人の管理官、四人の主任だけだ。平《ひら》の部下たちは〝監察係〟と呼称されている。

「逸見淳は池袋の繁華街の裏通りで背後から頭部と頸部に被弾して、ほぼ即死状態だった」

天野刑事部長が真崎に顔を向けてきた。

「報道によると、そうでしたね。凶器は確かS&《スミス》W《ウエッソン》 M360J、通称SAKURA《サクラ》でした」

「それは間違いないんだ。この小型回転拳銃は二〇〇六年に従来のニューナンブM60やS&W37エアウエイトの後継銃として配備されるようになった」

「ええ、そうでしたね」

真崎は相槌《あいづち》を打った。

一般の制服警官の多くは、S&WのM360Jを使っている。SP、機動捜査隊員、組織犯罪対策部の刑事たちには、日本でライセンス生産されている自動拳銃シグ・ザウエルP230JPを支給されることが多い。女性刑事には、M3913レディスミスやH&K《ヘッケラーコッホ》社製のP2000など小型拳銃が貸し出されている。

特殊任務に当たっている者たちは、イタリア製のピエトロ・ベレッタ92を使う。92S、92SB、92F、92FSと複数のモデルがある。SAT《サット》の隊員たちには、命中度の高いグロック社の自動拳銃が貸与されている。オーストリア製の高性能拳銃だ。

「凶器がM360J《サクラ》だったことから、池袋署に設置された捜査本部《チョウバ》は警察内の内偵対象者を重点的に洗った。担当管理官の報告によると、疑わしい警察官と職員が何人かいたらしい。だが、いずれもシロだったようなんだ」

「マスコミ報道だと、現場に犯人《ホシ》の遺留品《いりゆうひん》はなかったようですね」

「そうなんだよ。加害者のものと断定できる足跡《ゲソ》はなかったし、指掌紋《ししようもん》も採取されなかった」

「ということは、まだ容疑者の絞り込みにも至ってないわけですね」

「その通りだ。そんなことで、きみに支援捜査を頼みたいんだよ」

「わかりました。ベストを尽くします」

「これまでの捜査資料に目を通してくれないか」

天野が言って、馬場参事官を目顔で促《うなが》した。

馬場が卓上の青いファイルを横にずらす。真崎はファイルを膝の上に載《の》せ、表紙とフロントページの間に挟まれた鑑識写真の束を手に取った。厚みから察し、二十五、六枚はあるだろう。すべてカラー写真だった。

裏通りの路面に俯《うつぶ》せに倒れ込んだ逸見警部の後頭部と頸部は血に染まっていた。射入《しやにゆう》孔《こう》は、血糊《ちのり》に塗《まみ》れて見えない。アングルを少しずつ変えて撮影された死体写真が十枚ほどあった。仰向《あおむ》けの姿勢で撮られた写真も数点混じっている。

犯人が撃った二発のうちの一発は、被害者の頸部を貫通していた。射出孔は大きく、肉片がささくれている。痛ましかった。もう一発は頭蓋骨《ずがいこつ》に斜めに当たって勢いを殺《そ》がれ、脳内に留《とど》まっていた。

真崎は鑑識写真を入念に見た。

遺留品らしき物は何も見当たらない。防犯カメラにも映っていなかった。

「事件当夜、銃声を聞いた者は十三人もいたんだが、犯行を目撃した者はひとりもいなかったんだ」

天野が言って、長嘆息《ちょうたんそく》した。

「そうだとしたら、加害者は犯行後しばらく近くの暗がりに身を潜《ひそ》めて息を殺してたのではありませんか」

「なるほど、そうなのかもしれないな。それで犯人は頃合を計《はか》って、野次馬に紛《まぎ》れて事件現場から遠ざかったんだろう」

「そう推測できそうですね。初動捜査の段階で、現場付近の防犯カメラの映像はチェックしたのでしょう?」

「もちろんだよ。犯行現場の裏通りは当然、表通りの防犯カメラの映像も解析した。しかし、加害者らしき人物はまったく映ってなかったそうだ」

「天野刑事部長、加害者は冷徹な殺し屋《プロ》だったとは考えられませんか?」

馬場参事官が口を挟んだ。

「そういうことは考えられないと思うな。被害者《マルガイ》は主任監察官だったんだよ。射殺されたのが組織犯罪対策部の四課か五課の潜入捜査官なら、摘発を恐れた暴力団が殺し屋を雇ったのかもしれないがね。逸見警部は身内の素行をチェックしてた」

「そうですが、暴力団に押収麻薬とか銃器を横流ししてる不心得者がいたとしたら……」

「そういう者がいたという報告は上がってきていないし、押収品が何者かに持ち出されたとも聞いていないな」

「お言葉を返すようですが、押収品の検査は毎日行われているわけではありません」

「そうだね」

「不心得者が押収品保管室に忍び込んで、覚醒剤の中身をすり替えたり、拳銃を精巧なモデルガンにチェンジすることは不可能ではない気がします」

「ま、そうだろうが……」

「後ろめたいことをしている暴力団係《マルボウ》が監察に摘発されるのを恐れて、殺し屋《プロ》に逸見主任監察官を始末させたのかもしれませんよ」

「しかし、捜査本部に出張《でば》って所轄署刑事と第一期捜査を担当した殺人犯捜査七係は人事一課監察がマークしてた警察官と職員をとことん洗ったんだ。だが、怪しい奴はいなかった」

「そうでしたね」

「参事官の筋読みにはうなずけないな」

天野が口を結んだ。

真崎は写真の束をコーヒーテーブルの上に置き、事件調書に目を通した。事件が起こったのは、先月二日の午後十時二十分ごろだった。

豊島《としま》区東池袋三丁目の裏通りを歩いていた逸見が二発被弾して死んだ。事件通報者は近くの飲食店で働いている二十四歳の青年だった。

池袋署地域課員たちが臨場したとき、すでに被害者は息絶えていた。鑑識係が遺留品の有無《うむ》を調べ、足跡などを採取した。所轄署刑事と本庁機動捜査隊は早速、地取り及び鑑取《かんど》り捜査に取りかかった。

一日半経《た》っても、有力な手がかりは得られなかった。本庁は池袋署の要請を受け、捜査本部を設《もう》けた。捜査一課強行犯捜査殺人犯捜査第六係の十五人が所轄署に詰め、地元署刑事と第一期捜査に当たった。現在、第一期捜査は原則として一カ月である。

その期間内に事件が落着しない場合は、所轄署の刑事たちは自分の持ち場に戻る。要するに、捜査本部を離脱するわけだ。その代わりとして、本庁の捜査員が追加投入される。今回は、本庁の殺人犯捜査第四係の十五人が応援に駆り出された。担当管理官は替わっていない。

捜査資料によると、射殺された逸見は初秋から二人の悪徳警官と職員ひとりを監察中だった。

新宿《しんじゆく》署生活安全課所属の小寺昌幸《こでらまさゆき》巡査部長、三十三歳は歌舞伎町《かぶきちよう》の風俗店オーナーに遊興費《ゆうきょうひ》をたかっている疑いがあるらしい。上野《うえの》署組織犯罪対策課の戸松尚哉《とまつなおや》巡査長、二十九歳は池袋の違法カジノ店に入り浸《びた》っているようだ。

神田《かんだ》署交通課職員の徳岡修平《とくおかしゅうへい》、二十八歳はパイロン納入業者に代金を水増し請求させていた疑惑を持たれていたらしい。徳岡は錦糸町《きんしちょう》の外国人パブで派手な遊び方をしているという。

「逸見警部がマークしてた三人を真崎君に改めて調べてもらおうか」

天野が言った。

「了解です」

「監察対象者の三人の中では、上野署の戸松刑事が気になるね。まだ巡査長だから、俸給は安いはずだ」

「ええ、そうでしょう」

「それなのに、夜ごと池袋の違法カジノに通ってる。裏社会の連中は程度の差こそあれ、たいがい何か悪いことをしてる。戸松はそんな人間から口止め料をせしめて、違法カジノで遊んでるんではないだろうか」

「そうなんですかね」

「当然、上野署管内にも違法カジノはある。だが、そんな所に出入りするわけにはいかない。それだから、わざわざ池袋の違法カジノ店でルーレットやブラックジャックをしてるんだろう」

「多分、そうなんでしょう」

「刑事部長、戸松は臭いですね。逸見主任監察官は、池袋の裏通りで射殺されていますので」

馬場参事官が話に加わった。

「そうだね。戸松は逸見警部に犯罪の決定的な証拠を握られたんで、誰かに片づけさせたのかもしれないな。ただ、凶器のＭ360Ｊ《サクラ》は日本警察向けの特注拳銃なんだ。それが闇社会に流れたとは考えにくい」

「そのことで、思い出したことがあります。警察庁の報告によりますと、全国の警察に支給されたＳＡＫＵＲＡ《サクラ》の銃身にヒビが入ったということで約二百挺《ちょう》が回収されました」

「そうだったな。回収した欠陥拳銃はまとめてＳ＆Ｗ社に返品したはずだが、その一部が抜き取られて裏社会に流れてしまったんだろうか」

「考えられないことではないでしょうね。ヒビの部分を補強すれば、発射は可能だと思いますので」

「殺し屋《プロ》がそうした欠陥拳銃を闇ルートで入手して、逸見警部をシュートしたんだろうか」

「あるいは、戸松自身が被害者を撃ち殺したのかもしれません。三十歳前に懲戒免職になったら、まともに生き直すことは難しくなるでしょうからね」

「真崎君はどう思う？」

「小寺、戸松、徳岡の三人は監察にマークされていると知ったら、揃って焦《あせ》るでしょう。ですが、いずれも警察関係者です。殺人《コロシ》が割に合わないことは知っているのではないですか」

「そうなんだが、自己保身を考えたら、愚《おろ》かなこともしてしまうんじゃないのかな」

「それを否定することはできませんが、小寺たち三人はシロではないかと……」

「敏腕刑事が資料を読み込んで、そうした心証を得たんなら、そうなんだろうな。しかし、念のために小寺たち三人を調べ直してほしいんだ。三人の顔写真はファイルに貼付《ちょうふ》されてるし、個人情報も載ってたよね？」

「ええ。その三人のことから、洗い直してみます。逸見警部は点取り虫なんかではなかったはずですが、上司や同僚には内緒で誰かを監察していたとは考えられないでしょうか？」

真崎は天野に問いかけた。

「被害者は何事にもフェアだったようだから、同僚を出し抜くような真似はしないと思うがな」

「そういうことではないんです。監察対象者が上層部の人間、もしくは偉いさんと繋《つな》がってるような捜査員か職員だとしたら、そのことを上司や同輩には話せないのではありませんか？　犯罪の物的証拠を摑むまでは誰にも話せないと思います」

「これまでの捜査によると、妻の奈穂《なほ》、三十七歳は複数回の聞き込みでも、夫から職務に関することは何も教えられていないと答えてるんだが……」

「資料では、そうでしたね」

「被害者《マルガイ》は模範的な警察官だった。おそらく仕事に関することは、奥さんにも話してないだろう」

「多分、そうなんでしょうね」

「とにかく、小寺、戸松、徳岡の三人を洗い直してみてくれないか」

天野が真崎に言い、馬場参事官に目配《めくば》せをした。馬場が上着の内ポケットから角封筒を取り出す。かなり分厚い。

「当座の捜査費として、二百万用意した。いつもと同じように情報を金で買ってもかまわない。かつての部下のはぐれ者に助《ス》けてもらっても別に問題はないよ。ただし、追分組の野中が暴走したときはブレーキをかけてほしいな」

「もちろん、そうします」

「きょうは丸腰のようだね？」

「特捜任務がないときは自宅の金庫にベレッタ92FS、ホルスター、予備弾倉を厳重に保管してあります」

「いい心がけだ」

「明日から動きはじめます。地下三階に駐《と》めてある専用パトカーを使わせてもらいます」

真崎は受け取った角封筒を青いファイルの上に載せて、一緒に持った。ソファから立ち上がり、刑事部長室を出る。

真崎はエレベーターで地下三階に下《くだ》り、黒いスカイラインの運転席に乗り込んだ。車を発進させ、本庁舎を出る。真崎は車を日比谷《ひびや》公園の際《きわ》に寄せ、元刑事の野中のスマートフォンを鳴らした。スリーコールで、電話は繋《つな》がった。

「半月ぶりに特捜指令が下った。また、野中に協力してもらいたいんだ。組の仕事で忙しいか？」

「舎弟《しゃてい》に代行させるから、気にしないでよ。真崎さんは命の恩人だから、何があっても動きます。いつもの休業中のショットバーで落ち合います？」

「そうしよう。二十分前後で麻布十番《あざぶじゅうばん》に行けるよ」

「それじゃ、後で！」

野中が通話を切り上げた。真崎は刑事用携帯電話《ポリスモード》を懐に戻し、スカイラインを走らせはじめた。

追分組の事務所は西麻布にある。半年前から休業しているショットバーのオーナーは、末期癌《がん》でホスピス病院に入院中らしい。そんなことで、野中は店の管理を任されていた。数カ月前から、その店で情報交換をしている。店名は『スラッシュ』だ。

真崎は日比谷公園を回り込んで、麻布十番に向かった。

二十分そこそこで、目的地に着いた。『スラッシュ』のドアは開いている。野中は、すでに到着したようだ。店に入ると、暖房が効いていた。汗ばむほどだ。

巨体の野中はスツールに腰かけ、週刊誌を読んでいた。丸刈りで、黒ずくめだった。

「どっから見ても、ヤー公だな」

「やくざが銀行員みたいな恰好《かっこう》してたら、堅気《ネス》になめられて商売上がったりだからね」

「そうだろうが……」

「今回はどんな事件《ヤマ》なの？」

「口で説明するより、捜査資料を読んでもらったほうが早いだろう」

真崎は、野中の前に青いファイルを置いた。

野中が目を輝かせ、ファイルを開く。やくざになっても、刑事魂は萎《しぼ》んでいないようだ。真崎は野中の隣のスツールに腰かけ、セブンスターをくわえた。

## 3

妻がハミングしはじめた。

リビングソファに坐った真崎は、思わず頰を緩《ゆる》めた。前夜に贈ったバースデイ・プレゼントがよほど嬉《うれ》しかったらしい。ネックレスのプチダイヤは小粒だが、輝きを放っていた。

マグカップが空になったとき、シンクで洗いものをしていた美玲が振り向いた。

「航さん、本当にありがとう。貰《もら》ったネックレス、だいぶ高かったんじゃない？」

「月々の小遣いの残りがいつの間にか溜《た》まってたんだよ。だから、買えたんだ。たまには釣った魚に餌《えさ》をやらないとな」

「うふふ。わたし、嬉しかったわ。ずっと欲しいと思ってたネックレスだったから。感謝の気持ちを伝えたくて……」

「翔太が寝入ったころを見計らって、半月ぶりにおれの寝室に来てくれたわけだ」

真崎はにやついた。美玲が恥じらって、夫をぶつ真似をした。

夫婦は狂おしく求め合った。ベッドは弾《はず》みっ放しだった。真崎は指と口唇で一度ずつ美玲を極《きわ》みに押し上げてから、体を優しく繫《つな》いだ。

二人は幾度か体位《ラーゲ》を変えた後《あと》、正常位でほぼ同時にゴールに達した。

美玲はリズミカルに裸身を震わせ、愉悦《ゆえつ》の声を洩らしつづけた。真崎のペニスはきつく締めつけられ、しばらく硬度を失わなかった。夫婦は互いに余韻《よいん》を味わってから、静かに結合を解《と》いた。

「ね、洒落《しゃれ》たレストランでランチを摂《と》らない？　貰ったネックレスをして、わたし、出かけたい気分なの。昨夜《ゆうべ》、シャンパンで祝ってもらってケーキも食べたんだけど、あなたとデートしたいのよ。実はね、少しへそくりがあるの。フレンチのコース料理なんかどうかしら？」

「つき合いたいところだが、きのう、特捜指令が下ったんだよ。ごめん」

真崎は詫《わ》びた。妻には特別任務に携《たずさ》わっていることを打ち明けていたが、詳しい職務に触《ふ》れた覚えはない。

美玲は独身のころ、大手商社で働いていた。結婚してからは、夫の職務に守秘義務があることを心得ている。任務の内容を詮索《せんさく》することはなかった。

「警視庁の車《カイシャ》で帰ってきたから、あるいはと思ってたんだけど、やっぱりそうだったのね。残念だけど、仕方ないわ」

「事件が落着したら、二人っきりで食事に行こう。その帰りに独身のころに利用してたラブホに入るか。そして、思いっ切り乱れよう」

「ストレートな言い方ね」

美玲がくすぐったそうに笑い、前に向き直った。

真崎は居間を出て、洗面所に足を向けた。午前九時過ぎだった。息子はとうに登校して、家にはいなかった。真崎は髭《ひげ》を剃《そ》り、二階の自分の部屋に上がった。十畳の洋室だ。セミダブルのベッドが壁側に据《す》えられ、窓際には両袖机と書棚が並んでいる。

真崎は身繕《みづくろ》いをすると、ウォークイン・クローゼットの中に入った。金庫からベレッタ92FSを掴《つか》み出す。

真崎は銃把《グリップ》から弾倉《マガジン》を引き抜き、装弾数を確認した。複列式弾倉《ダブルコラム・マガジン》には、九ミリ弾が十五発詰まっている。初弾を薬室《チャンバー》に送り込めば、フル装弾数は十六発だ。

予備のマガジンは必要ないだろう。

真崎はチャコールグレイのウールシャツの上にショルダーホルスターを装着し、大型拳銃を収めた。ツイードの上着を羽織《はお》り、前ボタンを掛ける。手錠と三段伸縮式の特殊警棒は覆面パトカーのグローブボックスの中だ。

真崎は黒革のロングコートを手にして、部屋を出た。階下の妻に短く声をかけ、アンクルブーツを履《は》く。

ポーチの横にカーポートがある。マイカーの赤いアテンザと黒い覆面パトカーのスカイラインが並んでいる。アテンザには七年以上乗っているが、エンジンは快調だった。

真崎はスカイラインの運転席に腰を沈め、コートを助手席に置いた。上着の前ボタンを外し、エンジンを始動させる。ツイードジャケットは、ゆったりとした作りだった。前ボタンを外していても、まずホルスターと拳銃は人の目に触れない。

真崎は元刑事の野中に捜査協力をしてもらっているが、いつもコンビで行動しているわけではない。基本的には独歩行《どっぽこう》だ。

刑事が単独で聞き込みや張り込みをすることはない。そのため、真崎はフリージャーナリストや調査員になりすましている。

昨夜、捜査資料を読み終えた野中は、裏社会のネットワークを使って新宿署生活安全課の小寺巡査部長と上野署組織犯罪対策課の戸松巡査長に関する情報を集めると約束してくれた。だが、巨漢やくざはたいがい昼近くまで寝ている。まだ飯倉片町《いいぐらかたまち》にあるマンスリーマンションで惰眠《だみん》を貪《むさぼ》っているにちがいない。

真崎は覆面パトカーを発進させた。

住宅街を抜けて山手《やまて》通りに入る。道なりに走ると、やがて要町《かなめちょう》一丁目交差点に差しかかった。右折する。明治《めいじ》通りを左折し、東池袋三丁目まで進んだ。

真崎は密行捜査の指令が下ると、まず事件現場に赴《おもむ》くことにしていた。といっても、所轄署や本庁の鑑識係が遺留品や血痕を見落としているると思っているわけではない。

犯行現場を踏むと、必ず刑事魂《デカだましい》を揺さぶられる。被害者の無念を一日も早く晴らしてやりたいという気持ちが強まるのだ。捜査員の執念がなければ、難事件はなかなか解決しない。

ほどなく事件現場の裏通りに到着した。

通りの両側には、飲食店や雑居ビルが連《つら》なっている。午前中だからか、通行人は疎《まば》らだった。まるで活気は感じられない。

真崎はスカイラインを路肩《ろかた》に寄せ、運転席から出た。

路面をじっくり観察したが、むろん事件の痕跡はうかがえない。真崎は鑑識写真を眺《なが》めながら、被害者が倒れていた場所に立ってみる。

あたりをゆっくりと見回したが、すぐ近くの建物には防犯カメラは設置されていなかった。逸見主任監察官が撃たれた瞬間の映像は手に入らなかったはずだ。

真崎は裏通りを行きつ戻りつしはじめた。

少し離れた場所には防犯カメラが何台もあった。だが、捜査本部が借り受けたＤＶＤには、加害者らしき人物の姿は映っていなかった。

犯人は、逸見がこの裏通りに何度も足を踏み入れていることを知っていたのではないか。そして、防犯カメラの死角になるゾーンを下調べしてから犯行に及んだのかもしれない。

少し先に設《もう》けられた防犯カメラにも、加害者と思われる人物は映っていなかった。どうやら犯人は犯行後、何分かは事件現場の近くに隠れていたようだ。銃声を聞きつけた人々や野次馬が集まりだしてから、何喰わぬ顔で逃げたのではないか。

真崎は犯罪ジャーナリストを装《よそお》って、付近で聞き込みを開始した。十一月二日の夜に発生した射殺事件のことは、多くの者が憶《おぼ》えていた。

ただ、不審者を見かけたという証言は得られなかった。また、逸見を目撃した者もいない。

捜査は無駄な努力の積み重ねだ。いちいち肩を落としていては、身が保《も》たない。真崎は覆面パトカーの中に戻ると、青いファイルを開いた。

関係調書によると、上野署の戸松巡査長が出入りしている違法カジノ『パラダイス』は池袋一丁目の雑居ビルの五階にある。池袋駅の向こう側だ。

戸松はギャンブルで懐が温かくなったとき、この界隈《かいわい》のクラブかキャバクラに立ち寄っていなかっただろうか。

真崎はそのことを確かめたかったが、どの酒場も営業している時刻ではなかった。

覆面パトカーで神田署に向かう。二十五、六分で、目的の所轄署に着いた。真崎は所轄署の斜め前にスカイラインを停めた。見通しは悪くない。

真崎は私物のスマートフォンを使って、神田署に電話をした。受話器を取ったのは若い女性だった。

「職員の徳岡君をお願いします。彼と同じ高校を出た中村《なかむら》と申します。同窓会のことで、ちょっと確認したいことがあるんですよ」

真崎はありふれた姓を騙《かた》り、もっともらしく言った。相手の声が途絶《とだ》え、すぐに男の声が耳に届いた。

「三年B組にいた中村誠治《せいじ》君だね。懐かしいな。同窓会の案内はまだ届いてないけど、出席したいね。いつ行われるの?」

「徳岡修平だな?」

「き、きみは中村君じゃないな。声が違う」

「当たりだ。事情があって名乗れないが、おれはそっちの弱みを知ってる」

「自分を脅迫してるのか⁉」

「そう解釈してもらってもいい」

「恐喝屋なのかっ」

「一応、ジャーナリストのつもりだよ。ちょっとブラックがかってるがな。そっちが警察署にパイロンを納入してる業者に代金を水増し請求させ、正規の価格との差額分を詐取《さしゅ》してるという情報をキャッチしたんだ。パイロンを製造してる会社は、赤羽《あかばね》に本社を構えてる。社名は『フジミネ工業』だったな」

「その会社が署の交通課にパイロンを納入してることは間違いないが、絶対に不正など働いてない。つまらない因縁《いんねん》をつけると、恐喝で逮捕されるぞ」

「うろたえてるな。おれが検挙《アゲ》られる前に、そっちは詐欺容疑で手錠を打たれるだろう」

「自分には、まったく身に覚えのないことだっ」

「納入業者に水増し分をキックバックさせて、錦糸町の外国人パブにせっせと通ってるそうじゃないか」

「えっ⁉」

「聞いた話は虚偽情報《ガセネタ》じゃなかったようだな。ブラジル出身のシェイラとかいうセクシーなラテン娘がお目当てらしいじゃないか」

真崎は鎌をかけた。相手を最初《はな》っから疑ってかかることは、やはり後ろめたかった。人権無視と詰《なじ》られても仕方ないだろう。

しかし、相手が強《したた》かだとも考えられる。捜査本部の調べを巧《たく》みに躱《かわ》したのかもしれない。まともな聞き込みでは相手の悪事を暴《あば》くことはできないのではないか。

たとえ犯罪者でも、人権は尊重すべきだろう。証拠もないのに、怪しい相手を被疑者と極《き》めつけることは慎まなければならない。

だが、場合によっては相手に揺さぶりをかけるのは許容範囲だろう。犯罪者たちとの心理戦は捜査テクニックの一つだ。徳岡が狼狽《ろうばい》したのは、後ろ暗いことをしていたからではないのか。もう少し追及してみるべきだろう。

件の「おれは検事や判事じゃない。正義を振り翳《かざ》して、そっちを裁《さば》く気はないんだよ。詐欺の件をゴシップ雑誌に書こうと思ってたが、条件次第では知らなかったことにしてやろう。最近は金に詰まってるんでな」

「他人《ひと》に口止め料を払わなければならないようなことはしてない。刑事課の者におたくのことを割り出してもらうぞ」

「おれは、非通知で電話してる。身許が割れるわけない」

「抜け目のない奴だ」

徳岡が悪態《あくたい》をついて、荒っぽく電話を切った。逸見がマークしていた警察職員がパイロンの納入業者に代金を水増し請求させて差額分を詐取していたとすれば、何らかのリアクションを起こすにちがいない。

真崎はスマートフォンを懐に突っ込み、煙草《たばこ》に火を点《つ》けた。ちょうど一服し終えたとき、スマートフォンが振動した。職務中は、いつもマナーモードにしてあった。アイコンをスライドする。

電話をかけてきたのは野中だった。

「組の義理掛けで、どこかの親分の弔《とむら》いの手伝いに駆り出されることになったのか？」

真崎は先に言葉を発した。

「そうじゃないんですよ。マンスリーマンションの前を右翼の街宣車《がいせんしゃ》が通り抜けていったんで、十時前に目が覚めちまった。そんなわけで、あっちこっちに電話をかけまくってたんです」

「早速、情報を集めてくれたのか。頼りになるな」

「新宿署生安課の小寺は、歌舞伎町の風俗店オーナーたち十数人から毎月、十万の〝お目こぼし料〟を数年前から貰ってるみたいだね。どの店も表向きは女の子に本番はさせてないってことになってるが、売春の場を提供してました」

「手入れを喰《く》らったら、営業停止になる。オーナーたちは摘発を免《まぬか》れたくて、小寺にずっと鼻薬をきかせてたわけか」

「そうみたいだね。どの店の経営者も必要経費と考えて、小寺に月に十万の小遣いを渡してたんでしょう」

「風俗刑事《デカ》は毎月百数十万の副収入を得てたのか。悪徳警官だな」

「小寺って野郎は、やくざ以下ですよ。風俗店のオーナーたちから遊興費をせしめてるだけじゃなく、気に入った風俗嬢をホテルに呼びつけて只《ただ》で抱いてるらしいんだから。呼ばれた娘《こ》たちは店で本番やってた弱みがあるんで、オーナーの頼みを無視できなかったんでしょう」

「そうなんだろうな」

「女好きでもいいが、相手を困らせちゃいけない。柔肌は男のささくれだった神経を和《やわ》らげてくれる。それ以前に、若い女の裸体は芸術品みたいに美しいですよね？」

「そうだな」

「ベッドを共にしてくれたパートナーには感謝しないとね」

「なんか話が脱線しそうだな。野中、逸見警部は風俗店のオーナーたちから〝お目こぼし料〟を貰ってる小寺の裏付《ウラ》けを取ってたのか？」

「そういう情報は得られませんでした、残念ながらね。けど、逸見淳が小寺を数日ごとに尾行してたって証言は得られた。複数の人間が同じ証言をしてたから、逸見主任監察官は小寺を懲戒処分に追い込む材料を握ってたんじゃないですか？」

「かもしれないな」

「摘発されたら、小寺はお先真っ暗だ。まともな働き口にはありつけないだろうし、おれみたいにも生きられないと思います。風俗嬢や店のオーナーを喰いものにしてた刑事《デカ》を受け入れてくれる組なんかあるはずないからね」

「そうだろうな」

「警察は約二十九万七千人の巨大組織だから、中には性根《しょうね》の腐った野郎もいますよね。それにしても毎年、およそ百人の警察官・職員が懲戒処分されてる。免職になった奴が十人前後はいるんだから、世も末だな。追分組の世話になってる人間が偉そうなことは言えませんけど」

「野中の言う通りだな」

「六百数十人の警察官僚《キャリア》が巨大組織を支配してるから、軍隊社会そっくりな前近代的なシステムが腐敗を招くんですよ。巨大な組織がピラミッド構造になってる限り、民主化は望めないだろうな。キャリアや準キャリアに嫌われたら、一般警察官《ノンキャリア》は間違いなく冷遇されることになるからね。下手《へた》したら、依願退職に追い込まれてしまう。本気で改革しなかったら、市民の警察アレルギーはなくならないでしょう」

「おれも、そう思うよ」

「警察官僚たちはてめえらの出世しか考えてない。ノンキャリア組はキャリアの顔色をうかがってる腰抜けばかりです」

　野中が断定口調で言った。

「そういう傾向があることは認めるよ。でもな、数こそ少ないが気骨のあるキャリアもいるぞ。天野刑事部長は警察官僚のひとりだが、出世欲はほとんどない。本気で社会の治安を守り抜こうとしてる。ほかにも熱血漢のキャリアは七、八十人はいると思いたいな」

「そんなに多くはいないでしょ？　真のエリートと言える警察官僚は、せいぜい二、三十人なんじゃないのかな。ノンキャリア組の中にも何十人かは気骨のある者がいるでしょうね。けど、そういう真っ当な人たちは主流派には属してない。反主流派のヒーローたちは結局、主流派に押し潰《つぶ》されてしまう」

「劇的な改革は難しいだろうが、力のあるキャリアが組織を牛耳《ぎゅうじ》ってることに危《あや》うさを感じてる者たちが勇気を出して声をあげるようになれば、警察社会も少しずつ改善されるにちがいない」

「楽観的だな。そういう青臭い人間がたくさんいるとは思えませんが、真崎さんはサムライでいつづけてほしいですね」

「おれは、そんな大層な人間じゃないよ。愚直なまでに犯罪者を追って、それ相応の償《つぐな》いをさせたいだけなんだ。それで、さまざまな理由で人の道を踏み外してしまった者に生き直してほしいと願ってる。別に正義の使者を気取ってるわけじゃない。人間は愚《おろ》かで弱い動物だが、いとおしい存在じゃないか。それにな、こっちもいつ犯罪者になるかもしれない。更生の見込みのある前科者に冷淡になれないのは、そう思ってるからなんだよ」

「真崎さんはそんなに偉くなれないでしょうけど、刑事としては一流ですよ。おれ、密《ひそ》かにリスペクトしてるんだ」

「年上の人間をからかいやがって」

「照れちゃってるんだ？　案外、シャイなんですね」

「そんなことより、上野署の戸松刑事は池袋の『パラダイス』って違法カジノに夜ごと通ってるようなのか？」

真崎は話題を変えた。

「そうらしいんです。ダーティーな方法でギャンブル資金を手に入れてると思うんだが、そのあたりに関する情報は集められなかったんだ」

「そうか」

「戸松はギャンブル運はあるみたいで、プラスが出た翌日は六本木《ろっぽんぎ》の高級クラブで派手な遊び方をしてるようです」

「逸見警部は東池袋三丁目の裏通りで射殺された。戸松が出入りしてる違法カジノは池袋の駅の反対側にあるんだが、同じ繁華街だという共通項があるな」

「そうですね。おれ、先に上野署の戸松巡査長をマークしてみるよ」

「ああ、そうしてくれないか。こっちは事件現場付近で聞き込みをしてみたんだが、何も収穫はなかった」

「そうなんですか」

「で、神田署の近くで張り込み中なんだ。少し前にブラックジャーナリストに化けて、電話で徳岡修平を揺さぶってみた」

「どんな反応を見せたのかな？」

野中が問いかけてきた。真崎は詳しいことを教えた。

「電話の向こうで徳岡が狼狽《ろうばい》したんだったら、パイロン納入業者に代金を水増し請求させて、差額分を現金で受け取ってた疑いがありますね。詐取した金で、錦糸町の外国人パブに通ってたんじゃないのかな？　詐取のことがバレたら、ジ・エンドだ。徳岡はありったけの金を掻《か》き集めて、殺し屋《プロ》を雇ったんだろうか。警察職員は射撃訓練なんか受けてないからね」

「そうだな。徳岡が逸見殺しに関与してたとしたら、犯罪のプロに被害者《マルガイ》を殺《や》らせたんだろう。しかし、警察職員にそこまでやるだけの度胸と覚悟があるかどうか」

「うーん、そうですね」

「とにかく、おれは徳岡の動きを探《さぐ》ってみる」

「わかりました。何か摑《つか》んだら、すぐ真崎さんに連絡するね」

野中が通話を切り上げた。

真崎はスマートフォンを耳から離した。

## 4

動きはない。

読みが外れたのか。真崎はかすかな不安を覚えながら、残りのハムサンドを頰張《ほおば》った。

覆面パトカーの中だ。午後二時半を回っている。

正午過ぎに近くのコンビニエンスストアで買い求めたミックスサンドイッチは幾分《いくぶん》、ぱさついていた。

喉《のど》に引っかかりそうだ。真崎は急いで缶コーヒーを飲んだ。喉の通りがよくなった。

徳岡は詐欺行為をしていないのか。真崎は、焦った徳岡がすぐにも職場を抜け出し、パイロン納入業者とどこかで落ち合って口止めをするのではないかと予想していた。

だが、徳岡はいっこうに神田署から現われない。電話で『フジミネ工業』の担当社員に水増し請求の件を誰にも洩《も》らさないでほしいと頼み込んだのだろうか。

それとも、詐取などしていないのか。そうではないだろう。電話の向こうで、徳岡は明らかに狼狽した。

水増し分を詐取していたと判断すべきだろう。徳岡はルーティンワークをこなしてから、パイロン納入業者の担当社員と会うつもりなのかもしれない。

真崎は背凭《せもた》れに上体を預けた。

張り込みは自分との闘いだった。捜査対象者が動きだすのをひたすら待つ。焦《じ》れて動き回ったりしたら、張り込んでいることを覚《さと》られやすい。

根気よく粘《ねば》り抜く。長いこと張り込んでいると、当然、腹が空く。尿意も催《もよお》す。そのため、複数の捜査員が張り込む。尾行も同じだ。

その点、単独捜査の場合はどうしても不利になる。買物や排尿で張り込み場所を離れざるを得ない。その隙にマークした人物に逃げられてしまうこともある。真崎は、そうした苦い思いを何度もしてきた。

元刑事の暴力団組員と絶えず行動を共にすることはできない。野中には、もう捜査権はないわけだ。しかも無法者である。警察と闇社会は、昔から持ちつ持たれつの関係にあった。そのことをマスコミや市民団体に非難されたら、警察は威信《いしん》を失う。野中とコンビで動くことは極力《きょくりょく》、控えるべきだろう。

真崎はセブンスターに火を点《つ》けた。

紫煙をくゆらせていると、刑事用携帯電話《ポリスモード》が着信音を発した。真崎は喫《す》いさしの煙草を灰皿の中に突っ込み、上着の内ポケットからポリスモードを摑み出す。

発信者は馬場参事官だった。

「捜査に取りかかったばかりだから、まだ何も手がかりは得られてないだろうね？」

「ええ。東池袋の事件現場付近で少し聞き込みをしたんですが、新事実は出てきませんでした」

「そうか。それで、いまは？」

「神田署の職員の徳岡修平を張ってる最中です。午前中に電話で少し対象者《マルタイ》を揺さぶってみましたので、何らかの反応を示すだろうと読んだんですよ」

「なるほどな。電話したのは、欠陥のあったM360Jの件なんだ。警察庁《サッチョウ》に問い合わせたら、本庁《うち》や各道府県警本部が回収した欠陥拳銃は二百三挺だとわかった。それをそっくり

S＆W社に返品したらしいんだが、先方には二百二挺しか届いてないそうだ」

「発送前に警察庁の誰かが一挺くすねたんですかね？」

「そう考えてもよさそうだな。逸見主任監察官が小寺、戸松、徳岡の三人をマークしてたことは明らかになってる」

「ええ、そうですね。しかし、その三人にはアリバイがあるということで、捜査本部はシロと判断した」

「そうなんだが、小寺たち三人がアリバイ工作をしたと疑えなくもない。事件当夜、新宿署の小寺は従兄《いとこ》の自宅を訪ねてたと供述してる」

「そうでしたね。上野署の戸松は情報屋と自宅マンション近くの公園で会って、情報集《ネタ》めをしてたようです」

「ああ、そう答えたそうだ。神田署の徳岡は十一月二日の晩、錦糸町の『ワールド』という外国人パブで飲んでたらしい。しかし、そこは行きつけの店なんだ。その気になれば、ホステスやフロアボーイに口裏を合わせてもらうこともできるんじゃないか。意地の悪い見方だがな」

「参事官は小寺、戸松、徳岡の三人のうちの誰かが何らかの方法で欠陥のあるM360Jを手に入れ、そのSAKURAを殺し屋に渡して逸見警部を射殺させたのではないかと……」

「捜査本部はシロと判断したが、疑いがゼロとは言い切れないんじゃないかな」

「ええ、確かに」

「そのあたりのことを頭に入れて、調べ直してほしいんだ」

「了解しました」

真崎は通話を終わらせた。それから間もなく、野中から電話がかかってきた。真崎は私物のスマートフォンを耳に当てた。

「戸松はシロと考えてもいいでしょう。上野署の組対課《そたいか》の課長とは九年前に渋谷署で一緒だったんだ。おれは盗犯係だったんだけど、その先輩は組対課の係長をやってたんですよ。上条《かみじよう》って苗字《みようじ》で、いまは四十七、八歳だと思う」

「その上条って課長に会ったんだな」

「そうです。上野署の近くにある甘味処《かんみどころ》で落ち合って、戸松のことを聞き出したんですよ」

「甘味処で会ったって？」

「そう。上条課長は組員たちも目を逸《そ》らすような強面《こわもて》なんだけど、まったくの下戸《げこ》なんだ。その分、大の甘党なんです。四六時中、黒糖飴《こくとうあめ》をしゃぶってる。そんな相手なんで、田舎《いなか》ぜんざいを奢《おご》ってやったんですよ」

「で、新たな事実を摑んでくれたんだ？」

「ええ。戸松巡査長は土浦《つちうら》の大地主の次男坊らしいんです。父親は六年前に愛人宅で腹上死したって話だったけど、一年数カ月前に母親が病死したんだって」

「で、親の遺産が入ったわけか」

「そうなんです。相続税を払っても、戸松には三億近い金が残ったらしい。で、柏《かしわ》市内にある一棟売りの低層マンションを二億ちょっとで買って、年に一千数百万円の家賃収入を得るようになった。無職になっても喰うには困らないんで、戸松はもともと好きだったギャンブルで散財するようになったという話でした」

「そうか。上野署管内の違法カジノに通うのはさすがにまずいと考え、池袋でポーカーやブラックジャックに熱中してたんだろう」

「上条課長は何度も戸松の違法カジノ通いを咎《とが》めたみたいですよ。けど、馬の耳に念仏だったらしい。部下が逮捕《パク》られたら、上条課長の立場は悪くなるでしょ？　だから、捜査本部の聞き込みには積極的に協力しなかったようなんだ」

「野中、どんな手品を使ったんだい？　相手を何かで追い込んだから、口が軽くなったんじゃないのか」

「鋭いですね。真崎さんにゃ嘘《うそ》はつけないな。渋谷署時代、上条は道玄坂《どうげんざか》のストリップ劇場にしょっちゅう只《ただ》で入って、マナ板ショーのパートナーを務《つと》めてたんですよ。おれ、上条が舞台《イタ》の上でコロンビア人ストリッパーとナニしてるとこを二度も見てる。上条の旦那はファックしてるとこを大勢の男たちに見られると、異常なほど興奮するみたいだな。二回とも、ペニスが角笛《つのぶえ》みたいに反《そ》り返ってましたよ」

「変態課長だな」

「そうですね。戸松は池袋の違法カジノで大きく勝ったときは六本木に繰り出して高級クラブでドンペリのゴールドを抜かせてたようだけど、組関係者に銭をたかってたんじゃないと思う」

「そうなんだろうな。戸松は素行のことで懲戒免職になっても、生活には困らない。わざわざ逸見警部の口を封じる必要はないだろう」

「戸松尚哉は、逸見の事件《ヤマ》には絡《から》んでないでしょ？」

野中が言った。

「ああ、シロだろうな。事件当夜、逸見主任監察官は戸松をマークしてたんじゃないと思うよ」

「別の悪徳警官か職員を尾行してたんでしょうね。尾《つ》けられてた奴が誰かまだわからないけど。真崎さん、徳岡には何も動きがないんですか？」

「そうなんだよ。馬場参事官から、電話で新情報を伝えてもらったんだ」

真崎はそう前置きして、詳しいことを喋《しゃべ》った。

「欠陥のあるＳＡＫＵＲＡを抜き取ったのが新宿署の小寺か神田署職員の徳岡のどちらかだったら、逸見淳を亡き者にしたのは……」

「小寺か、徳岡だろうな。しかし、まだわからない。問題の凶器がS&W社に返品された欠陥拳銃と断定されたわけじゃないからな」

「そうだね。戸松はシロだろうから、おれ、新宿署の小寺をマークしてみますよ。歌舞伎町の経営者たち十数人から月々十万の小遣いをせしめて、風俗嬢たちをホテルに呼びつけてる野郎は下種《げす》も下種です。てめえのことしか考えてないんだろうから、逸見に摘発されそうになったら、殺し屋を雇うかもしれないな」

「野中が協力してくれるのはありがたいが、組の仕事を怠《なま》けても大丈夫なのか？」

「自分が任されてるのは常盆《じょうぼん》のセッティングと不動産関係のトラブルの処理です。いつも忙しいってわけじゃないんだ」

「そうなのか」

「若頭補佐《わかがしら》は、おれに高級売春クラブの管理を任せたがってるんだけど、うまく逃げてる。昔と違って借金のせいで体を売ってる女なんかひとりもいませんが、稼《かせ》ぎの四割をハネるのは気の毒ですからね。ショートで六万、泊まりで十万も客から貰《もら》ってるんだから、女の子たちの実入《みい》りは決して悪くない。彼女たちは割り切って売春で手っ取り早く稼ぎたいと考えてるんで、ピンハネされることは当然だと思ってる」

「だろうな」

「それでも、女たちのかすりをシノギにしてることにおれは抵抗あるんだよね。常盆のテラ銭は年々減ってます。いろんな非合法ビジネスをやらないと、組は解散に追い込まれるかもしれないから、仕方ないんだろうけど」

「追分組は麻薬の密売は、いまも御法度《ごはっと》なんだろう？」

「そうです。組長《オヤジ》は自分の目が黒いうちは、覚醒剤《シャブ》には手を出さないと事あるごとに言ってる。けど、大幹部の何人かはドラッグ・ビジネスで荒稼ぎして、勢力を拡大すべきだと真顔《まがお》で言いはじめてるんですよ」

「いまは、損得しか考えない組員が多くなったからな。時代なんだろう」

「博徒系の一家が愚連隊《ぐれんたい》上がりやテキ屋と同じような裏ビジネスに励《はげ》んだら、なんの魅力もありません。追分組が麻薬《クスリ》の密売をするようになったら、おれは迷わず組を脱けます」

「ほかの博徒系の組に移る気なのか？」

「いや、足を洗って探偵社でも設立しますよ。浮気調査ばかりじゃ退屈しちゃうだろうから、トラブル・シューター《ネス》みたいな仕事を増やしていきたいな」

「野中が堅気になったら、依頼人を探してやろう」

「そのときはひとつよろしく！　これから、新宿署の小寺に張りつきます」

野中が電話を切った。

真崎は私物のスマートフォンを懐に戻し、神田署の表玄関に目を向けた。いたずらに時間が過ぎ去った。署から徳岡修平が姿を見せたのは午後五時十分ごろだった。捜査資料に貼付されていた顔写真よりも、いくらか老《ふ》けて見える。

徳岡は職場から七、八十メートル離れた所で、オレンジとグリーンに塗り分けられたタクシーを拾った。目立つ車だ。見失うことはないだろう。真崎は一定の距離を保《たも》ちながら、徳岡を乗せたタクシーを追尾《ついび》しはじめた。

タクシーは二十数分走り、ＪＲ赤羽駅前に横づけされた。パイロンを製造している『フジミネ工業』は近くにあるはずだ。徳岡は納入業者の担当社員と待ち合わせをしているのか。そうではなく、赤羽駅から電車に乗る気なのだろうか。

真崎は駅前広場で車を一時停止させ、フロントガラス越しに徳岡の動きを見守った。

徳岡は改札に足を向けなかった。駅前通りを足早に歩き、昭和レトロたっぷりの昔風の喫茶店に入った。

真崎はスカイラインをガードレールに寄せた。捜査対象者とは一面識もない。真崎は三十メートルほど進み、『エデン』という名の純喫茶のドアを引いた。

真崎は人を探す振りをして、店の奥を見た。隅のテーブルで、徳岡は五十年配の男と向かい合っていた。後ろ向きだ。

その手前のテーブル席が運よく空《あ》いている。

真崎は徳岡と背中合わせに坐って、ウェイトレスにブレンドコーヒーを注文した。徳岡たち二人の会話が中断する。警戒されたのか。

真崎は煙草を吹かしながら、耳をそばだてた。少し経《た》つと、背後の二人の遣《や》り取《と》りが再開された。

「それで徳岡さん、電話の脅迫者はうちの会社が警察に水増し請求書を送付してる証拠を握ってる様子だったんですか？」

「そういう口ぶりだったけど、はったり《ブラフ》なんじゃないのかな。と思ったのは、具体的なことを言わなかったからです」

「なるほど。でも、なんだか不安になります。パイロンの通常価格に二割上乗せして、請求書を出しつづけてきましたのでね。会社に実質的な損はないんですが、水増し分を現金で徳岡さんにお渡ししてきたわけです。だけど、総額にして七百万円弱です。警察の予算はオーバーしてないんでしょ？」

「ええ、オーバーはしてません」

「ほかにも税金は無駄に遣《つか》われてるんでしょう？」

「近藤《こんどう》部長、もう少し声を落としてください」

「あっ、すみません」

近藤と呼ばれた男が小声で謝《あやま》った。またもや会話が熄《や》んだ。

ちょうどそのとき、真崎のテーブルにブレンドコーヒーが運ばれてきた。ウェイトレスが一礼し、すぐに遠のく。

真崎はブラックでコーヒーを啜《すす》った。いつもの飲み方だった。

「正体不明の脅迫者の目的は何なんでしょうか。徳岡さん、察しがつきます？」

「おそらく金だけが目的なんでしょう。生活が楽ではないというようなことを言ってましたので。口止め料をすんなり出せば、自分たちのことを表沙汰《おもてざた》にはしないでしょう」

「どのくらい要求する気でいるんだろうか。百万ぐらいの口止め料なら、経理部長のわたしの一存で工面《くめん》できるんですが……」

「おそらく、その程度の額ではないでしょう。五百万、いや、一千万円ぐらいは要求してきそうですね。近藤さんが回してくれた水増し分は、もう手許《てもと》にないんですよ」

「ほぼ毎晩、錦糸町の『ワールド』に通われてるんだから、残金はないでしょうね。徳岡さんに招待されて『ワールド』には二回行きましたけど、シェイラさんは美人でナイスバディだからな。あなたが彼女にのめり込む気持ちはわかりますよ」

「シェイラは最高です。あんないい女は、めったにいない」

「日本語が達者で、笑顔がチャーミングですよね。あの笑顔で甘えられたら、どんな無理も聞いてあげたくなりそうだな。ラテン系の女性はベッドで情熱的なんでしょ？」

「そうですね。シェイラと最初に肌を合わせた夜は、朝まで一睡もさせてもらえませんでした」

「そりゃ、凄《すご》い！」

「近藤さん、こんな話をしてる場合じゃないでしょ！」

徳岡が窘《たしな》めた。

「つい話を脱線させてしまいました。ごめんなさい。電話の相手が高額な口止め料を要求してきたら、水増し請求の件を役員たちに打ち明けざるを得なくなるでしょう。二種類の請求書を作成して上乗せしたほうを納入先に送付して、会社には正規の請求書を保存してたんで監査でも引っかからずに済んだんですが……」

「水増し分を近藤さんの会社からキックバックさせてたことが発覚したら、こちらは懲戒免職処分にされるでしょう。多分、書類送検では済まないと思う」

「詐欺罪で起訴されて、最悪の場合は有罪判決で服役しなければならなくなる？」

「そうなることもあり得るでしょうね。先月二日の夜、本庁人事一課監察の逸見という警部が池袋の裏通りで射殺されたのですが、自分はその主任監察官にマークされてたんですよ」

「えっ、そうなんですか⁉　もしかしたら、その主任監察官はわたしたち二人のことを調べ上げてたとも考えられるんですね？」

「ええ。でも、致命的な証拠は押さえられてないでしょう。ですんで、電話をかけてきたブラックジャーナリストみたいな男に鼻薬をきかせれば、危機を切り抜けられるんじゃないかな」

「相手が一千万どころか、二千万、三千万円の口止め料を用意しろと言ってきたら、わたしの力ではどうすることもできません」

「水増し請求のことを役員たちに知られたら、近藤さん、あなたは会社から追い出されることになるでしょう。確か息子さんが大学生で、娘さんは高校生でしたよね？」

「ええ、そうです」

「その年齢《とし》で再就職は難しいんじゃないのかな。二人のお子さんは学校を中退しなきゃならなくなるかもしれません」

「そ、そんなことはさせられませんよ。親として、子供たちが大学を卒業するまで面倒を見てやりたいんだ」

「接待交際費、事務備品費、雑費なんかの数字を変えて架空の領収証を揃《そろ》えれば、一千万か二千万円は部長の才覚で捻出《ねんしゅつ》できるんじゃありませんか？」

「わたしに業務上詐欺をやれと言うんですかっ」

「声が高いな。近藤さん、よく考えてみてくださいよ。自分ら二人がいまの生活をつづけたいなら、それしか方法はないでしょ？」

「しかし、そんなことをしたら、手が後ろに回ってしまう」

「うまくやれば、バレっこありませんよ。それをしたくないんだったら、役員のスキャンダルの証拠を押さえて少しまとまった口止め料をいただくんですね」

「恐喝なんか、わたしにはできない」

近藤がきっぱりと言った。

「だったら、会社の必要経費を膨《ふく》らませて電話の男に渡す金をなんとか都合つけてくださいよ」

「二、三日考えさせてくれませんか」

「そんな悠長《ゆうちょう》なことは言ってられないでしょうが！　先方に早く口止め料を渡さないと、二人の前途は閉ざされてしまう。途《みち》は一つしかないんですよっ」

「なんてことだ」

「ぼやいても、問題は解決しません。自分は先方と交渉して、できるだけ要求額を低く抑《おさ》えます。あなたは、偽の領収証集めに取りかかってください」

徳岡が口を結ぶ。二人の間に、気まずい空気が横たわった。

真崎はにんまりして、脚《あし》を組んだ。

# 第二章　新たな証言

## 1

数分後だった。

徳岡が椅子から立ち上がった。

「別々に出たほうがいいでしょう？」

「そうですね」

「あなたにはいろいろ協力してもらったから、きょうは自分がコーヒー代を払います」

「いいですよ。先に出てください」

近藤が不機嫌そうな声で言い、卓上の伝票を引き寄せる気配が伝わってきた。徳岡が出入口に向かった。

真崎は伝票を抓《つま》んで、ゆっくりと立ち上がった。

徳岡が『エデン』を出た。真崎は急いで支払いを済ませ、店のドアを押した。

日中よりも、冷え込みが強まっていた。吐く息が白く固まる。

徳岡は赤羽駅に向かって歩いていた。電車で移動するつもりなのか。

真崎は少し迷ってから、覆面パトカーに駆け寄った。とりあえずスカイラインを駅前まで走らせることにした。

真崎は車に乗り込み、すぐにUターンさせた。

駅前に達した徳岡は、タクシー乗り場にたたずんだ。覆面パトカーのスカイラインを路上に置きっ放しにしなくて済みそうだった。

ほどなく徳岡が黒いタクシーの後部座席に腰を沈めた。捜査資料によると、彼の自宅アパートは大塚《おおつか》にある。

独身の警察官は原則として、警察署の最上階か隣接している別棟《べつむね》の寮に入らなければならない。いわゆる〝待機寮〟だ。職住が同じで、門限など規律がうるさい。そんなことで、何か口実をつけて退寮する者は少なくなかった。

警察職員の場合は、独身寮に入ることを強《し》いられていない。賃貸マンションやアパートで生活している単身者のほうが多いのではないか。

黒いタクシーが走りだした。大塚とは逆方向だ。今夜も、徳岡は錦糸町の『ワールド』に行く気なのか。

まだ六時半を過ぎたばかりだ。お気に入りのブラジル人ホステスと同伴出勤することになっているのかもしれない。

真崎は数台の車を挟みながら、徳岡を乗せたタクシーを慎重に尾《つ》けつづけた。タクシーは上野方面に走り、ＪＲ両国《りょうごく》駅から数百メートル離れた場所にある三階建ての低層マンションの前で停まった。外壁は真っ白だ。

徳岡は釣り銭を受け取ると、馴《な》れた足取りで低層マンションのアプローチをたどりはじめた。タクシーが走り去る。真崎はスカイラインを低層マンションの近くの路上に駐《と》め、運転席から出た。

三階建ての低層マンションにはエレベーターが設置されていない。徳岡は階段を駆け上がって、二階の角部屋の前で足を止めた。

二〇一号室だ。シェイラの自宅なのではないか。真崎は階段の昇降口の脇の暗がりから、二階の歩廊《ほろう》を見上げた。

寒風が頬を刺す。刃《やいば》のように尖《とが》っている。

思わず真崎は首を竦《すく》め、コートのポケットに両手を突っ込んだ。凍《こご》えそうな寒さだった。

二〇一号室には電灯が点いている。

徳岡がインターフォンを響かせた。だが、すぐには応答がなかった。ふたたびインターフォンが鳴らされる。

「徳岡さん、急にどうしたの？」

スピーカーから、女性の声が流れてきた。イントネーションに癖《くせ》があった。ブラジル人ホステスなのではないか。

「急にシェイラに会いたくなったんだよ。だから、一緒に食事をして店に行こうと思ったんだ」

「同伴出勤できるのは嬉しいんだけど……」

「体調がよくないの？」

「わたし、元気よ。でも、ちょっと都合が悪い。お客さんが来てるの。わたしが日本のお母さんと慕《した》ってる女性《ひと》が訪ねてきたのよ。相談したいことがあると言ったら、心配して様子を見に来てくれたの」

「何かで困ってるんだったら、最初におれに打ち明けてくれよ。おれはシェイラと真面目《まじめ》につき合ってるんだ。遊びなんかじゃない。転職してでも、国際結婚したいと思ってるんだ。シェイラが生まれ育ったサンパウロに移住してもいいよ」

「ありがとう《オブリガーダ》。そこまで想《おも》ってくれてるとは思わなかったから、とても嬉しいわ」

「シェイラが世話になってる方なら、挨拶《あいさつ》というか、お礼を言いたいんだ。ドアを開けてくれないか。外は猛烈に寒いんだよ」

「悪いけど、先にお店に行ってて。八時までには出勤するから」

「いつもと様子が違うな。シェイラ、客は男なんじゃないのかっ。え？」

「わたし、悲しいよ。この部屋に入れた男の人は徳岡さんだけ。浮気なんてしてない」

「疚《やま》しいことをしてないなら、ドアを開けられるはずだ。ロックを外してよ。外すんだっ」

徳岡が喚《わめ》き、象牙《ぞうげ》色のスチールドアを荒々しく拳《こぶし》で叩きはじめた。

「お願いだから、先にお店に行ってて」

「いつから浮気をしてた？　おれには甘いことを言ってたが、こっそり別の奴ともつき合ってたんだな」

「そんなことしてない」

「嘘つけ！　おれは『ワールド』に行くたびにシェイラを指名して、ブランド物のバッグや腕時計をプレゼントした。毎月じゃないけど、家賃も払ってやってた。時々だが、小遣いも渡してたじゃないか」

「そのことでは、わたし、すごく感謝してる。徳岡さんのおかげで、ブラジルの両親に仕送りできたわけだから」

「おれはシェイラのために貯《たくわ》えを遣い果たして、さらに危ないことも……」

「危ないことって、何なの？」

「とにかく、ドアを開けるんだっ」

「きょうは、わたしの言う通りにして」

「ドアを開けないと、このマンションを管理してる不動産会社からマスターキーを借りてくるぞ。おれは警察関係者なんだ。協力してくれるにちがいない」

「わかったわ。いま、開ける」

スピーカーの声が熄《や》んだ。ドアが細く開けられたようだ。

真崎は足音を殺して、階段の中ほどまで駆け上がった。囲い壁から半身を乗り出し、二〇一号室をうかがう。

スチールドアは細く開けられているが、チェーンは掛けられたままだ。部屋の主はラテン系の顔立ちで、目鼻立ちがはっきりとしている。胸は豊満だった。

「なんでドア・チェーンを掛けたままなんだっ。客とおれを会わせたくなかったんじゃないのか。部屋の奥にいるのは、シェイラが慕《した》ってる女性じゃないな?」

「お客さん、女の人よ」

「なら、その客を呼んでくれ」

「そんな失礼なことはできないわ」

「苦しい言い訳だな」

「わたしを信じて」

「もうシェイラのことなんか信じられない。おれを虚仮《こけ》にしやがって！」

徳岡が怒声《どせい》を張り上げた。

シェイラが肩を竦《すく》めて、無言でドアを閉める。徳岡がドアを蹴《け》りはじめた。

数分後、ドアが大きく押し開けられた。シェイラを庇《かば》う形で、南米系の外国人男性が立ちはだかっている。黒髪で、彫《ほ》りが深い。瞳はヘイゼルナッツ色だ。長身である。肩と胸が厚い。三十三、四歳だろうか。

「シェイラの浮気相手だな。おたくもブラジル人なのか？」

徳岡が相手に問いかけた。

「そうね。ブラジルよ、国籍《ナシヨナリテイー》は」

「あまり日本語は上手じゃないな。でも、おれが言ってる意味はわかるだろう？」

「わかるよ、ちゃんと」

「なんて名なんだ？」

「セルジオね。四谷《よつや》のブラジル料理店で働いてる。コックしてるよ」

「いつシェイラを誘惑したんだ。おれはシェイラの彼氏なんだぞ」

「おまえ、彼氏じゃない。わたし、三年以上も前からシェイラと親しくしてる。おまえは、ただのカモね」

セルジオがせせら笑った。背後にいるシェイラも薄笑いを浮かべた。

「そう。『ワールド』でシェイラは人気がある。だけど、そんなに給料は高くない。高いブランド品は自分じゃ買えないね。それだから、客たちにおねだりしてた」

「しかし、おれはシェイラの部屋で数え切れないほど……」

「セックスした?」

「そうだよ。れっきとした彼氏だろうが!」

「シェイラは、ほかの客とも寝てる。おまえの恋人じゃない。ブラジル人、日本人とセックスに対する考え方が違う。交際相手がいても、別のパートナーとベッドインすることもあるよ。考え方が新しいね」

「おまえは、シェイラの彼氏なんだろ? 頭がおかしいんじゃないのかっ」

「わたし、怒るよ。頭はノーマルね。ブラジル育ちは、男も女も人生を愉《たの》しみたいと考えてる。つき合ってる相手がいても、フィーリングが合えば、寝るね。それ、普通のことよ」

「それじゃ、犬畜生と同じじゃないか」

「わたしたちの考え方、間違ってない。シェイラがカモの日本人男性に抱かれても、わたし、ちっとも気にしない。プレイだからね、一種の。わたしがシェイラ以外の女と弾《はず》みでセックスしても問題ない。そうだろ?」

「カモだって!?」

　セルジオがシェイラを顧《かえり》みた。シェイラが同調する。

「シェイラ、おれを騙《だま》してたのかっ」

「それ、ちょっと違うの」

「どう違うんだ？」

　徳岡が声を荒《あら》らげた。

「徳岡さんのことは好きよ。いいお客さんでもあるわ。だけど、彼氏じゃない。パトロンのひとりね」

「おれのことをそんなふうに見てたのかっ」

「わたしのために売上に協力してくれたし、プレゼントも多かった。それは助かることなの」

「それだけじゃないぞ。よく家賃を肩代わりしてやったし、小遣いも渡してやったじゃないか」

「そのことは忘れてない。そのお礼として、何度もベッドに誘ってやったでしょ？　ギブ・アンド・テイクね」

「あばずれ女め。売春婦みたいなことを言いやがって」

「さっきと同じことを言うけど、徳岡さんは彼氏なんかじゃないの。本気で愛してるのはセルジオだけね」

「きっとシェイラは、ヒモみたいな男にうまく利用されてるにちがいない。早く目を覚まして、セルジオと縁を切れ！」

「わたし、セルジオとはずっと離れない。もう『ワールド』にも、ここにも来ないでくれない？　ゲームは終わったのよ」

「その言い種《ぐさ》はなんだっ。おれはシェイラを幸せにしてやりたくて、金銭的にずいぶん無理をしてきたんだぞ」

「尽くしてくれたから、寝てやったんでしょうが！　借りはないわ」

「セルジオ、どけ！」

「何をするつもりだ？」

セルジオが仁王《におう》立ちになり、険《けわ》しい表情で身構《みがま》えた。

「おれを裏切った女をバックハンドで殴《なぐ》って、髪の毛をライターの炎で焼いてやる」

「シェイラに暴力《バイオレンス》をふるったら、わたし、おまえを殴り殺す。グレイシー柔術をやってたから、絶対に負けない」

「どけったら！」

徳岡が腰を捻《ひね》って、セルジオを払いのけようとした。セルジオがステップインして、右のアッパーカットを放つ。

パンチは徳岡の顎《あご》を直撃した。棒で湿った毛布を叩くような音が響いた。骨も軋《きし》み音を発した。徳岡は大きくのけ反って、歩廊の鉄柵に腰を打ちつけた。呻《うめ》きながら、尻《しり》から落ちる。

セルジオがポルトガル語で何か罵《のの し》り、二〇一号室から躍《おど》り出ようとした。シェイラが両手でセルジオの利《き》き腕を摑んで、すぐに制止した。

「一一〇番通報するぞ」

徳岡がのろのろと立ち上がって、手の甲で口許を拭《ぬぐ》った。パンチを受けたとき、唇を嚙《か》んでしまったのだろう。

「あら、血が出てる。大丈夫？」

シェイラが徳岡の顔を覗《のぞ》き込む。

「そんな優しい声を出したって、おれの怒りは鎮《しず》まらないぞ。美人でも、シェイラは性《しょう》悪女《わるおんな》だ。おまえがオーバーステイしてることは、わかってるんだぞ」

「えっ」

「おそらく彼氏も同じなんだろうな。出入国在留管理局《イミグレーション》に連絡して、おまえら二人を強制送還させてやる」

「本気なの？」

「ああ、本気さ。シェイラは調子のいいことを言って、おれを欺《あざむ》いてきたんだ。罪深いことをしてきたんだぞ。何か手を打たなきゃ、『ワールド』の客たちをカモにしつづけるだろうからな」

「わたしたちのことをイミグレーションに密告したら、こちらも切札を使うわよ」

「切札だって?」

「ええ、そうよ。あなた、二度ほど『フジミネ工業』の経理部長をお店に連れてきたことがあったでしょ?」

「近藤さんが何か言ったのか⁉」

徳岡が声を裏返らせた。

「あなたがトイレに行ったとき、近藤さんは接待されるだけの貸しがあると言ったのよ。初めは具体的なことは話してくれなかった。だけど、わたしは徳岡さんに何か弱みがあると直感したの」

「おれに弱みなんかない」

「そうかしらね。わたし、色目を使って近藤部長にどんな貸しがあるか知りたいと言ってみたのよ」

「なんだって⁉」

「近藤さんは少しためらってから、小声で教えてくれたわ。あなたがパイロンの代金に二割ほど水増しした請求書を納入先に送らせて、キックバックさせた差額分を懐に入れてたことをね」

「近藤部長の話はでたらめだよ。デマ、中傷の類《たぐい》なんだ」

「ううん、そうは思わないわ。何か弱みがあるから、近藤さんを接待する気になったはずよ。普通なら、パイロンの納入業者側が警察関係者をもてなすわけなのに、逆でしょ？どう考えても変よ。近藤さんの話は事実でしょうね」

「…………」

「何も言い返せないってことは、図星だったのね」

シェイラが勝ち誇ったように笑った。徳岡が何か言いかけ、急にうなだれた。

「オーバーステイのことを東京出入国在留管理局の職員に告げ口する気なら、知り合いの日本人に頼んで近藤さんから聞いた話を神田署の署長に教えるわよ。でも、そうしたら、署長が職員の不正を握り潰しそうね」

「…………」

「詐欺のことは新聞社かテレビ局の報道部に教えることにするわ」

「や、やめてくれ。そんなことをされたら、おれの人生は終わってしまう。オーバーステイしてることは誰にも言わないよ」

「約束できる？」

「ああ、約束する」

「もし約束を破ったら、強制送還される前に詐欺のことを東京出入国在留管理局で喋《しゃべ》っちゃうからね」

「わかってる、わかってるよ。おれはシェイラの喜ぶ顔が見たかったんだ。だから、近藤さんに協力してもらって、差額分を現金で渡してもらってたんだよ」

「そうだとしても、あなたがやったことは間違いなく犯罪だわ」

「それはそうなんだが……」

「きょうで、お別れね。わたしにしつこくまとわりついたら、自滅覚悟で詐欺のことをマスコミに教えちゃうわよ」

「そんなことしない。人生を棄《す》てるには、まだ若すぎるからな」

「そうね」

「シェイラにはカモにされたわけだけど、一緒に過ごした一刻《ひととき》は愉《たの》しかったよ」

「わたし、ベッドでだいぶサービスしてあげたからね。こちらは、いつも物足りなかったけど。もっとベッドテクニックを磨《みが》かないと、南米育ちの女には逃げられちゃうわよ」

シェイラが皮肉って、部屋のドアを乱暴に閉めた。肩を落とした徳岡が夜空を仰《あお》ぎ、体の向きを変えた。

真崎は中腰で階段を下《くだ》り、低層マンションの外に出た。

## 2

息を殺して待つ。

真崎は低層マンションの隣家の生垣《いけがき》の際《きわ》に立っていた。暗がりだ。

街灯は少し離れた場所にあった。通行人は見当たらない。

待つほどもなく、徳岡が低層マンションのアプローチから出てきた。うつむき加減だった。シェイラに心を弄《もてあそ》ばれたことがショックだったのだろう。

真崎は徳岡の行く手を阻《はば》んだ。

「な、何なの!?　誰なんです？」

「神田署職員の徳岡修平だな」

「そうですが、あなたは？　あっ、その声に聞き覚えがあるな。脅迫電話をかけてきたのは、おたくなんじゃないの？」

「耳は悪くないらしいな」

「やっぱり、そうだったか」

「退署したそっちはタクシーに乗って、赤羽に向かった。駅前通りにある『エデン』という喫茶店で『フジミネ工業』の近藤経理部長と落ち合った」

「うっ」

徳岡が喉の奥で呻き、あたりを見回した。近くに人がいるかどうか確かめたようだ。それとも、逃げ場を目で探したのだろうか。

「近藤が働いてる会社はパイロンを製造して、警察に納めてる」

「そうだが、自分は断じて代金の水増し請求なんかさせてないっ」

「もう言い逃れはできない。おれはそっちと背中合わせに坐って、聞き耳を立ててたんだ。それだけじゃないぞ。二人の会話をICレコーダーに録《と》った」

真崎は、とっさに思いついた嘘を口にした。徳岡が視線をさまよわせ、目をしばたたく。

「近藤部長は、おれに払う口止め料をなんとか工面すると言ってた」

「自分らは、そんな話なんかしてないっ」

「往生際《おうじょうぎわ》が悪いな。ICレコーダーのメモリーを神田署の署長、いや、マスコミ関係者に渡すか」

「そ、それは……」

「そっちの詐欺の件を署長に教えても、握り潰されるかもしれないからな。『ワールド』のホステスをやってるシェイラも同じことを言ってた」

「おたく、『エデン』から尾《つ》けてたのか」

「シェイラにセルジオって彼氏がいると知って、すっかり冷静さを失ってしまったんだろうな。こっちは二〇一号室の斜め下の階段の途中に屈《かが》み込んで、三人の遣《や》り取《と》りを盗み聞きしてたんだよ」

「なんてことなんだ」

「シェイラにカモにされたことは悔しいだろうが、諦めるんだな。ラテン娘にベッドでたっぷりとサービスされたようだから、諦めがつくだろうが？」

「いや、あの女のことは赦《ゆる》せない。シェイラの甘い罠に引っかかって、さんざん貢《みつ》がされたんだから」

「少しは貯えも注ぎ込んだだろうが、遣《つか》った金の大部分は近藤から渡された水増し分じゃないのか。七百万近く受け取ったはずだ」

「近藤さんがどれほどの額を捻出《ねんしゅつ》してくれるかわからないけど、渡されたキャッシュはそのまま……」

「おれに渡す？」

真崎は後の言葉を引き取った。

「そうするから、詐欺の件は誰にも喋らないでほしいんだ。頼みます」

「実は、こっちは恐喝屋じゃない」

「えっ、そうなんですか⁉　いったい何者なんです？」

「本庁の人間だよ」

「嘘でしょ⁉」

徳岡が驚きの声をあげた。

真崎は懐からFBI型の警察手帳を取り出し、ライターの炎を近づけた。見せたのは表紙だけだった。

徳岡が目を丸くして、後ずさった。表情が強張《こわば》っている。

「事情があって所属部署は教えられないが、単独で支援捜査してるんだよ」

「本当は警務部人事一課監察に所属してるんでしょ？」

「そう思ったのは、どうしてなんだ？　何か思い当たることがありそうだな。そっちは、監察に詐欺容疑でマークされてたんじゃないのか」

「そうじゃありませんよ」

「すぐ近くに覆面《メン》パトを駐《と》めてある。車の中で話を聞かせてもらおうか」

真崎は一歩踏み出した。

ほとんど同時に、徳岡が身を翻《ひるがえ》した。真崎は背後から組みついた。喉《のど》に右手を回し、徳岡を引き寄せる。徳岡が全身でもがいて、アームロックを外そうとした。揉《も》み合いがつづいた。

真崎は大外刈りで徳岡を倒す気になった。

数秒後、徳岡の右手が上着の裾《すそ》の中に潜《もぐ》った。真崎は腰を引いた。だが、一瞬遅かった。徳岡がショルダーホルスターからベレッタ92ＦＳを抜き、両手保持で構えた。

「両手を頭の上で重ねて、ゆっくりと膝を落とせ！　言う通りにしないと、撃つことになるぞ」

「おい、自分が何をしてるのかわかってるのかっ」

「おとなしくしてれば、撃ったりしないよ。逃げたいだけなんだ」

「警察職員は射撃訓練を受けてない。拳銃の扱い方はわからないんじゃないのか？」

「知ってる。ハワイとグアムの射撃場《シューティング・レンジ》で一度ずつ試射してるんだ。お願いだから、言われた通りにしてくれないか」

「まだ安全装置《セーフティーロック》が掛かったままだぞ。それじゃ、引き金《トリガー》は絞れない」

真崎は小さく笑った。徳岡の視線が落ちる。

すかさず真崎は前に跳《と》び、徳岡の利き手からイタリア製の大型拳銃を取り返した。安全装置をスライドさせ、銃口を徳岡の脇腹に突きつける。

「スカイラインの中に入らないと、暴発ってことにして片方の脚を撃つぞ」

「自分は物騒《ぶっそう》な物を手にしてるわけじゃない。そんなことは認められてないでしょ！」

「その通りだが、非合法捜査も許されてる。リボルバーは暴発しないが、自動拳銃《オートマチック》はたまに弾頭が飛び出したりする。そのことは知ってるよな？」

「知ってますよ。でも、故意に発砲したら、おたくは処罰を受けることになるはずです」

「暴発は不可抗力だ。処罰の対象にはならないさ」

「そ、そんな……」

「被弾してみるのも、経験のうちだろう」

「は、早く安全装置を掛けてください」

徳岡が切迫《せっぱく》した声で言って、スカイラインに向かって歩きはじめた。

真崎はセーフティーロックを掛けてから、拳銃をホルスターに突っ込んだ。徳岡の片腕を摑んで、覆面パトカーに導《みちび》く。

徳岡は従順に後部座席に乗り込んだ。真崎は、真横に腰を下ろした。

「もう逃げようとしません。観念するほかないからな」

「こっちの捜査に全面的に協力してくれるんだったら、詐取の件は目をつぶってもいいよ」

「日本で司法取引が認められてるのは、麻薬や銃器絡みの犯罪と汚職だけでしょ？」

「何事にも例外はあるもんだ」

「そうでしょうが、自分は警察職員なんですよ。いくらなんでも、詐欺行為を揉み消すことはできないでしょ？」

「それが可能なんだよ」

「えっ、そうですか。おたくは、どんな事案を調べてるんです?」

徳岡の声が少し明るくなった。無罪放免の可能性がゼロではないかもしれないと思ったのだろう。

「先月二日の夜、本庁人事一課の逸見淳主任監察官が池袋の裏通りで射殺された。凶器はS&WのM360Jと断定されたんだが、いまも犯人《ホシ》は捕まってない。こっちは、その事件の支援捜査をしてるんだよ」

「そうだったんですか」

「正直に答えてくれ。逸見警部がそっちをマークしてたことは、捜査資料でわかってるんだから」

「マークされてることには気づいてました。ですが、自分は射殺事件にはタッチしていません。事件当夜は、九時から十一時半過ぎまで『ワールド』で飲んでいました。初動捜査の段階で、自分のアリバイは立証されたはずですよ」

「捜査本部はシロと断定したんだが、アリバイ工作をした疑いがまったくないとは言えない。そっちは『ワールド』の上客のひとりだったんだ。店の従業員たちは偽証してほしいと泣きつかれたら、断れないだろう」

「ちょっと待ってください。自分は店の誰にも嘘の証言をしてくれなんて頼んでませんよ。ほ、本当です。逸見警部に詐欺の立件材料を押さえられたら、危《ヤバ》いことになると内心は不安でしたよ。でも、任意同行も求められませんでしたから、物証は得られなかったんだろうと思ったんです」

「そっちが実行犯とは考えてないよ。安全装置を外すことを忘れてた奴が、二発も撃って逃走するなんて芸当はできっこないからな」

「そうですよね」

「でもな、そっちが殺し屋《プロ》を雇ったと疑えなくもない」

「金銭的にそんな余裕なんかありませんよ。貯えばかりじゃなく、詐取した六百八十数万円もシェイラのために遣い果たしちゃったから。十万や二十万で殺人を請け負ってくれる犯罪者なんかいないでしょ？」

「若いチャイニーズ・マフィアや不良フィリピン人なら、数十万円の報酬で殺人《コロシ》を引き受けるという裏情報もある」

「外国人パブの常連でしたけど、そんな危ない奴らとはつき合いがありませんよ」

「ネットの闇サイトで実行犯を見つける方法もあるんじゃないのか？」

「自分がやったのは詐欺行為だけです。信じてほしいな」

「容疑者に心当たりは？」

　真崎は畳みかけた。

「ありません。でも、被害者にマークされていた警察関係者が怪しいと思います。自分のことを棚に上げて言うのもなんですけど、悪徳警官はかなり多いですんでね。上下関係が厳《きび》しくストレスが溜《た》まりやすい職業なんで、何かで発散しないと……」

「やってられない？」

「そうだと思います」

「だとしても、法の番人が犯罪に走るようでは情けない。恥ずかしいことだろうが！」

「おたくも反則技を使ってるんだから、悪徳警官たちを非難する資格はないと思うけどな」

「おれは狡猾《こうかつ》な犯罪者には禁じ手を使ったりしてるが、更生の見込みのある相手には紳士的に接してる」

「そうですか。それはそうと、おたくの捜査に協力したんですから、詐欺のことは立件しないでもらえるんでしょ？」

「おれ個人はそうしてもいいと思ってるんだが、上司に相談しないわけにはいかない」

「なんか話が最初とは違ってきたな。おたくは協力してくれれば、司法取引に応じてもいいと匂わせましたよ」

　徳岡が不平を洩らした。

「おれたちは組織で動いてるんだ。そっちだって、それはわかるだろ？」

「うまく嵌《は》められたようだな。詐取した金は身内に頭を下げて全額、一両日中に掻《か》き集めます。それで、詐取した分をこっそり金庫に入れておきますよ」

「そんなことをしたら、同僚職員たちに怪しまれるじゃないか。保管してる金が急に七百万円近く増えるわけだから」

「あっ、そうですね。増えた分はうっかり別の予備用金庫の中に入れてあったと上司や同僚に説明しますよ。それで、みんなに納得してもらえるでしょう」

「そんな弁明、信じてもらえないだろうが？」

「とにかく、うまくやりますよ」

「そうか。どうなるかわからないが、上司に相談してみる。そっちは車内でじっとしてるんだ。いいな？」

真崎は言い置き、スカイラインから降りた。覆面パトカーから十メートルほど離れ、馬場参事官に電話をかけた。

スリーコールで、通話可能状態になった。真崎はつぶさに経過を伝えた。

「そういうことなら、徳岡修平は捜査本部ではシロと改めて断定してもいいだろう。真崎君、きみは本気で徳岡の詐欺に目をつぶる気になったのかな？」

「まさか、本気じゃありませんよ。人参《にんじん》をちらつかせただけです」

「だろうな。曲がったことの嫌いな真崎君が司法取引を持ちかけたと言ったときは、自分の耳を疑ったよ。ルアーを投げ込んだだけだったんだね」

「そうですよ。それで、参事官、徳岡の扱いなんですが……」

「人事一課の新高晃首席監察官《にいたかあきら》をそっちに行かせよう。部下に徳岡の身柄を引き渡したら、きみが刑事部長直属の特捜捜査官だと知られてしまうかもしれない。そうなったら、捜査本部の面々の耳に入りかねないじゃないか」

「そうですね。こっちが隠れ捜査をしていることを知られるのは避けるべきでしょう。彼らのプライドが傷つくでしょうから」

「そうだね。そういう配慮もしないとまずいから、新高警視正ひとりで行ってもらうよ。彼は天野さんが信頼してる男だから、特捜指令のことを打ち明けても、他言する心配はないだろう」

馬場が言った。

四十五歳の新高は準キャリアだが、天野と馬場に目をかけられていた。首席監察官は無口だが、有能だった。警視庁所属の四万八千人の警察官・職員の個人情報が頭に入っていると噂《うわさ》されていた。実際、記憶力は抜群にいい。数度会っただけの真崎のプロフィールを正確に憶《おぼ》えていた。

警察の中の警察と呼ばれている監察官たちをスパイ視して、毛嫌いする者も少なくない。彼らは警察官や職員の私生活に何らかの乱れがあれば、異性を含めた交友関係をとことん洗う。借金の有無や預金額までも調べ上げる。

急に金回りがよくなったり、高級外車を購入した者は監察の対象になりやすい。結婚相手の思想や血縁者の犯歴チェックもされる。

警察官も人の子である。数こそ少ないが、職場不倫に陥《おちい》る男女もいる。妻子持ちが独身の女性警察官と深い仲になった場合、男は次の人事異動で間違いなく閑職に追いやられる。相手の女性警察官は依願退職させられることが多い。

性犯罪に走った者は即座に懲戒《ちょうかい》免職処分にされる。それでも、強姦《ごうかん》（現・強制性交等）で捕まる者は十年に数人は出てくる。

警察の上層部が早婚を奨励《しょうれい》するのは、若手が破廉恥《はれんち》な犯罪に及ぶことを極端に恐れているからだ。二十代半《なか》ばで結婚した男性警察官は、おおむね上司の受けがいい。厄介《やっかい》な事件を起こす不安が消えたからだろう。

新高首席監察官はたくさんの不心得者を摘発してきたが、殺人、強盗、レイプ、放火といった凶悪事件を起こした者たち以外は原則として摘発前に依願退職させている。

懲戒免職処分の場合、退職金はもちろん支給されない。ただし、年金は減額されるだけだ。依願退職者は退職金も出るし、年金は減額されない。

身内を庇《かば》う体質を非難する向きもあるが、警察内での新高の評判は悪くない。更生の余地のある不心得者には温情を示すからだ。

真崎は新高の人情味は評価しながらも、何か割り切れなかった。警察官は血税で暮らしているわけだ。

　安易な温情主義は自己満足にすぎないし、納税者を裏切っていることになるのではないか。

「真崎君、急に黙ってしまったが？」

「失礼しました。頭の中で、事件の筋を読んでたんです」

「どう読んだのかな？」

「残念ながら、推理の糸がこんがらかって……」

「そう。新高首席監察官がそちらに着くのは、三十数分後になるかもしれないな。現在位置を細かく教えてくれないか」

　参事官が促《うなが》した。真崎は質問に答えて、ポリスモードを懐に戻した。スカイラインの後部座席に乗り込む。

　すると、徳岡が口を開いた。

「司法取引は成立なんでしょ？」

「いや、無理だったよ」

「上司が猛反対したんでしょうけど、もう一度説得してみてくれませんか。自分は職員ですけど、警察社会の一員なんだ。仲間でしょうが。情《じょう》をかけてくださいよ」

「甘ったれるな」

真崎は肘《ひじ》で徳岡の鳩尾《みぞおち》を突いた。徳岡がむせて、前屈《まえかが》みになる。

「初めっから司法取引なんかする気はなかったんじゃないのかっ」

「やっと気づいたか」

「くそっ！」

「くそは、おまえだ」

真崎は徳岡に前手錠を打った。ドアを開けて、神田署の職員をシートに横向きに寝かせた。

「上体を起こさずにおとなしくしてるんだ」

「厄日《やくび》だ。きょうは最低だよ、人生でな」

徳岡が叫ぶように言った。真崎は黙殺し、運転席に腰かけた。煙草を喫《す》いながら、時間を潰す。

スカイラインの前に白いエルグランドが停まったのは、ちょうど三十分後だった。

真崎は闇を透かして見た。エルグランドのドアが開けられた。

降りたのは新高だ。真崎はスカイラインの運転席から出て、新高に歩み寄った。

「首席監察官自ら来ていただいて、恐縮です」

「なあに。話は馬場参事官から聞いたよ。わたしが直《じか》に徳岡を取り調べて、詐欺容疑で地検送りにしよう」

「よろしくお願いします」

「徳岡はどこかな？」

「リアシートに寝かせてます。前手錠を掛けておきました」

「きみの手錠《ワッパ》を外してくれないか」

新高は腰に手を回して、手錠ケースを探《さぐ》った。

真崎は後部座席のドアを大きく開け、徳岡を引きずり出した。路上に立たせ、手早く手錠を外す。

「人事一課監察の者だ。令状は後で見せてやる」

新高が徳岡に後ろ手錠を打ち、エルグランドの中ほどの座席に俯《うつぶ》せにさせた。徳岡が意味不明の言葉を口走り、奇声を発した。

「静かにしてろ！」

新高が徳岡を叱《しか》りつけ、スライドドアを勢いよく閉めた。

「後のことはよろしく頼みます」

「わかった」

「新高さん、一つうかがってもかまいませんか。逸見警部は小寺、戸松、徳岡の三人のほかに、別の者を密かにマークしてたとは考えられません？」

「逸見は仕事熱心だったんで、わたしには未報告の対象者《マルタイ》に張りついてたかもしれないと思って、すべての部下に確認してみたんだが……」

「そういうことはなかったようなんですか？」

「そうなんだよ。逸見は密告電話を一手に受けてたんだが、監察の必要があると判断できるまで首席監察官のわたしにも、管理官にも何も教えようとしなかったんだ。抜けがけを考えてたということじゃなく、彼は慎重だったんだ。中傷の内部告発が割に多いんでね」

「逸見さんは、職務のことを奥さんに話してなかったでしょうね」

「と思うんだが、奥さんは自分や子供も命を狙われると考え、何か故人から聞いてたとしても誰にも話せないのかもしれないな。いや、それは考えすぎだろう」

「そうなんでしょうか」

真崎は曖昧《あいまい》に応じた。

新高が片手を挙げ、エルグランドの運転席に入った。真崎はエルグランドが闇に呑《の》まれてから、スカイラインに乗り込んだ。

ライトを点けたとき、相棒の野中から電話がかかってきた。

「新宿署の小寺は、いま風俗店オーナーと鮨屋《すしや》の付け台に並んでる。小遣いを貰うところをデジカメで動画撮影するつもりです」

「あんまり大胆に接近しないほうがいいぞ」

「その点は心得てますって。神田署の徳岡って職員は、やっぱりシロだったの？」

「そうだったよ。詐欺はやってたんだがな」

真崎は、徳岡の身柄を首席監察官の新高に引き渡すまでの流れを語りはじめた。

3

動画が再生された。

真崎は、野中が差し出したデジタルカメラのディスプレイに目を向けた。休業中のショットバー『スラッシュ』だ。

二人はカウンターに並んで坐っていた。徳岡修平の身柄を新高首席監察官に引き渡した翌日の午後二時過ぎだ。ディスプレイには、風俗店オーナーと新宿署生活安全課の小寺昌幸巡査部長が映し出されている。どちらも付け台に向かっていた。

「この後《あと》、風俗店経営者が懐からクロコダイルの札入れを取り出して、裸の万札を十枚ほどカウンターの下で小寺に手渡したんです」

野中が茶色い葉煙草《シガリロ》をくわえながら、含み声で告げた。真崎は瞬《まばた》きを止めた。

それから間もなく、小寺が札束を受け取ったシーンが映し出された。悪徳刑事が万札を二つ折りにして、無造作《むぞうさ》に上着のポケットに滑り込ませる。

「真崎さん、この動画を小寺に観《み》せりゃ、十数人の風俗店経営者から月々十万ずつ金をせびってたことを吐くと思いますよ」

「いや、そう考えるのは楽観的だな。小寺が相手から、貸した金を返してもらったと言い張るかもしれないだろうが？」

「でも、鮨屋の勘定を払ったのは『ヴィーナス』という風俗店を経営してる神宮勉《じんぐうつとむ》、五十六歳なんです。神宮が支払いをするとこも動画撮影したから、そんな言い逃れはできないでしょ？」

「小寺は、まともな刑事じゃないんだ。詰問しても、シラを切るだろう」

「ばっくれたら、おれが小寺を痛めつけてやります。こっちは、もう現職じゃないからね。仮に小寺の野郎を半殺しにしても、被害届《タレ》は出さないだろう。奴は、いろいろ危《ヤバ》いことをしてるんだから、ヤブ蛇になるような真似はしないでしょう」

「わからないぞ。狡《ずる》く立ち回ってる人間は、自分が捕まったりしないようちゃんと手を打ってるだろう」

「そうか、そうかもしれないな。なら、小寺のお気に入りの風俗嬢に協力してもらうか。小寺は『ヴィーナス』のナンバーワンの有理沙《ありさ》って娘《こ》をちょくちょくホテルに呼びつけて、只乗りしてるんですよ」

「そうなのか」

「有理沙は元AV女優だったんで、店の客にだいたい本番させてるようなんだ。小寺は相手の弱みにつけ込んで、有理沙をよく抱いてるらしいんですよ」

「野中、その情報《ネタ》は誰から……」

「『ヴィーナス』の店長をやってる渋川健斗《しぶかわけんと》って奴から聞き出したんだ。有理沙の本名と家《ヤサ》もこっそり教えてもらいました」

「そうか。本名は？」

「波多野里佳《はたのりか》です。店では二十二歳だと称してるらしいが、本当は二十五だってさ。借りてるマンションは新宿区の余丁町《よちょうまち》にあるそうです。『ローレルプラザ』の八〇八号室に住んでるという話だったな」

「わかった」

真崎は動画から目を離さなかった。風俗店オーナーの神宮と小寺が鮨屋を出たところまで撮影されていた。

野中がシガリロの火を灰皿の中で揉み消し、デジタルカメラを手許に引き戻した。

「この時刻なら、波多野里佳は自宅にいそうだな。真崎さん、『ローレルプラザ』に行ってみましょうよ。元AV女優から小寺に不利な証言を得れば、追い込みやすくなるんじゃないの？」

「そうだな。おれひとりで行ってみるよ。おまえをあまりサボらせるわけにはいかないからな」

「水臭いことを言わないでください。組の仕事は下の者に任せてあるから、おれは自由に動ける。それに、真崎さんが素姓を明かしたら、有理沙、いや、波多野里佳だったな。源氏名《じな》と本名をごっちゃにすると、混乱しちゃいそうだな」

「人気ナンバーワンの風俗嬢のことは、有理沙と呼ぶことにしよう。確かにおれが刑事だと告げたら、警戒心を持たれそうだな。有理沙には、おまえに会ってもらったほうがいいかもしれない」

「そうしたほうがいいでしょう。おれは組のベンツを転がして、ここにきた。真崎さんは覆面《メン》パトで従《つ》いてきてください」

「うん、わかった」

真崎はうなずいた。

その直後、『スラッシュ』のドアがいきなり押し開けられた。ひと目で暴力団関係者とわかる二人の男がずかずかと入ってきた。どちらも三十代の前半だろう。

片方は剃髪頭《スキンヘッド》で、眉《まゆ》を剃《そ》り落としていた。目つきが悪い。もう一方の男は丸刈りで、ゴールドのブレスレットを右手首に嵌《は》めている。

「てめえらは誠仁会《せいじんかい》の者《もん》だなっ」

野中がスツールから滑《すべ》り降り、男たちを睨《ね》めつけた。真崎はスツールごと体を反転させたが、何も言わなかった。

「あんた、元刑事の野中さんだよな？」

スキンヘッドの男が確かめた。

「殴り込《カチコ》み《ミ》か？」

「忠告しにきただけだよ。元麻布《もとあざぶ》の競売物件のマンションの件だが、追分組は物件を落札した不動産会社から入居者の立ち退きを依頼されてるよな？」

「それがどうした？」

「立ち退きを拒《こば》んでる連中にたったの二百万の引っ越し代しか払わないのは、ちょいとひでえんじゃねえの？」

「だから、誠仁会は居坐ってる八世帯に悪知恵を授《さず》け、それぞれの部屋に準構成員やプロの占有屋《せんゆうや》を住まわせて各所帯一億円の立ち退き料を払えなんて要求させてるわけか」

「立ち退きを強硬に拒んでる入居者たちは、みんな経済的に苦しいんだよ。二百万の立ち退き料を貰ったって、港区《みなと》周辺に同じ広さのマンションなんか借りられない」

「だからって、一億円の立ち退き料を出せなんて、めちゃくちゃな話だ。誠仁会の肚《はら》は透《す》けてるな。あの物件を安く叩いて手に入れ、転売で利鞘《りざや》を稼《かせ》ぐ気なんだろうがよ」

「うちの組長《オヤジ》は弱い者いじめが大嫌いなんだ。だから、立ち退きを拒んでる八戸の借り主の味方になったんだよ」

「綺麗事《きれいごと》を言うんじゃねえ。できるだけ多く立ち退き料をせしめさせて、その半額を誠仁会がいただくつもりなんだろうが！　いつまでも入居者たちを焚《た》きつけてやがると、各戸に寝泊まりしてるチンピラと占有屋どもを力ずくで排除することになるぜ」

「誠仁会《うち》に喧嘩売ってるのかよ。上等じゃねえかっ」

丸刈りの男が息巻き、ベルトの下から匕首《あいくち》を引き抜いた。白鞘《しろさや》ごとだった。

「人を刺すだけの度胸があるのかっ。え？」

野中が挑発した。

相手が険《けわ》しい顔で鞘を払い、短刀を逆手《さかて》に持ち直した。刃渡りは二十センチ近い。波形の刃紋がくっきりと見える。

「刺してみろや」

「なめやがって！」

「早く突っ込んできな、できるものならな」

野中が嘲笑する。

丸刈りの男が短刀《ドス》を腰撓《こしだ》めに構えたまま、床を強く蹴った。野中が相手を引き寄せてから、巨体を横にずらした。

すぐに横蹴りを放つ。丸刈りの男が腰を蹴られ、体をふらつかせた。匕首が男の足許に落ちた。無機質な落下音が響く。

野中が相手に組みつき、顔面をカウンターの角に強く打ち据《す》えた。一度ではない。連続して三度だった。

丸刈りの男が悲鳴をあげ、カウンターの下に頽《くずお》れた。

額が赤く腫《は》れ、鼻血を垂らしている。口許も血みどろだ。男が喉を軋《きし》ませ、血に染まった前歯を二本吐き出した。

スキンヘッドの男が腰の後ろに手をやった。

「そのまま、動くな！」

真崎はホルスターからベレッタ92FSを引き抜き、スツールから降りた。安全装置を外し、スライドを引く。初弾を薬室《チャンバー》に送り込んだのだ。

「あんたも追分組の者か？」

頭をつるつると剃り上げた男が右手を下げた。

「おれは組員じゃない」

「何屋なんだよ？」

「その質問に答える義務はない」

真崎はスキンヘッドの男に近づき、相手の腰のあたりを探《さぐ》った。指先が固い物に触《ふ》れた。引き抜く。

ノーリンコ54だった。中国で生産されたトカレフだ。旧ソ連でデザインされた拳銃である。殺傷力は高い。

「こいつは預かる」

「ノーリンコ54で、おれを撃つつもりなのかよ？」

「場合によっては、そうすることになるな」

「撃たねえでくれ」

「競売物件にいる準構成員と占有屋を引き揚《あ》げさせろ」

「おれが即答するわけにはいかねえよ。兄貴の指示で、おれたち二人は動いてるんだからさ」

「参考までに名前を教えてもらおうか」

「あんた、何者なの？」

「警察の者だ」

「冗談だろ⁉」

相手が驚いた顔つきになった。真崎はベレッタ92FSをホルスターに戻し、ノーリンコ54を右手に持ち替えた。左手で懐から警察手帳を引っ張り出し、誠仁会の二人に交互に見せる。

スキンヘッドの男が伏し目になった。

「なんて名なんだ？」

「及川《おいかわ》諭《さとし》ってんだ。三十三だよ」

「連れの名は？」

「椎名《しいな》、椎名雄介《ゆうすけ》。おれよりも一個下なんだ」

「二人とも銃刀法違反だな」

「おれたち、逮捕《パク》られるわけか」

「おれが言った通りにすれば、見逃してやってもいい。もちろん、ノーリンコ54と刃物《ヤッパ》は押収するがな」

「そうしてもらえるんだったら、おれたちは兄貴をなんとか説得するよ」

「転売ビジネスは諦めるんだな。そうしないと、どっちも検挙するぞ。言うまでもなく、兄貴分と占有屋たちも捕まえる」

「兄貴に頼んでみる。自分も手錠《ワッパ》掛けられるとわかったら、今回のビジネスから手を引く気になると思うよ」

「だろうな」

　真崎は及川に言って、椎名に顔を向けた。

「顔半分が血で汚れてるな。中野《なかの》の東京警察病院に連れてってやろうか」

「いいよ。大丈夫だって」

　椎名が立ち上がって、口許を隠した。

「野中は刑事のころから血の気が多かったんだよ。今後は喧嘩《けんか》相手を見てから突っかかるようにしたほうがいいな」

「そ、そうだね」

「野中、もう気が済んだか？」

「まだ暴れ足りないな。こいつら二人の利き腕を折ってもいいですよね？」

「おれが小便してる間にやるんだったら、何も見てないことになるな」

「そうするか」

「椎名、頭《ペテン》を下げろ！　早く謝るんだ」

及川が焦《あせ》って言った。すぐに椎名が頭を深く下げ、早口で謝罪する。

「尻尾《しっぽ》を巻いてる奴らを痛めつけたら、後味が悪くなるな。てめえら、とっとと失《う》せやがれ！」

野中が急《せ》かした。及川と椎名が顔を見合わせ、そそくさと『スラッシュ』から出ていった。

「真崎さんのおかげで、また命を拾いました」

「オーバーだな。及川はこの中国製トカレフでおれたちを威嚇《いかく》する気だったんだろうが、本気でどっちかをシュートする度胸も覚悟もなかったと思うよ」

「でも、おれが及川に飛びかかろうとしたら、おそらく反射的に引き金を絞ってたでしょう。至近距離で撃たれてたら、きっとおれはくたばってたにちがいない。真崎さんは、まさに命の恩人だよ。真崎さんが危ない目に遭《あ》ったら、おれ、体を張って護《まも》ります」

「そういうクサいことを言うなって。男のダンディズムは言葉じゃなく、行動で示すもんだろうが」

「そうですね。それはそうと、そのノーリンコ54を真崎さんが持ってても困るんじゃないの？　及川を見逃してやったんだからさ」

「おまえの言う通りだな。組対《そたい》四課か五課の者にこの拳銃を渡すには、及川のことを話さなきゃならない」

「だよね。なんなら、おれが預かってもいいですよ。足のつかない拳銃《チャカ》を持ってて損はないからな」

「野中、こいつを悪用する気なんじゃないだろうな？」

「ただ、預かるだけですよ」

「悪用したら、絶交だぞ。おれは法律の向こう側にいるわけじゃない。現職の刑事なんだ。抗争の道具を提供したら、まずいことになるぞ」

「わかってますって。真崎さんに迷惑がかかるようなことはしないよ。純粋に預かるだけだって」

「なら、しばらく預かってもらおう。一応、装弾数を数えておくぞ」

真崎はノーリンコ54の銃把《グリップ》から、マガジンを引き抜いた。実包《じっぽう》を数える。

七・六二ミリ弾が八発詰まっていた。弾倉を銃把の中に押し戻し、撃鉄《ハンマー》がハーフになっていることを確かめる。トカレフ系の拳銃には、安全装置がない。ハーフコックにすることで、暴発を防いでいるわけだ。

「八発詰まってる。時々、マガジンをチェックするぞ。実包の数が減ってたら、発射容疑で野中を調べるからな。正当防衛と判断できた場合は罪を問わない」

「わかりました」

野中がグローブのような大きな手を差し出した。

真崎はノーリンコ54を野中の掌《てのひら》に載《の》せた。全長は十九センチ六ミリだが、妙に小さく見える。野中が中国製トカレフを腰のベルトの下に差し込んだ。

「余丁町の『ローレルプラザ』に行こう」

「真崎さん、先に表に出てください。おれ、戸締りをしなきゃならないんで……」

「わかった」

真崎は先に店を出た。少し先の路上に駐めたスカイラインの近くに灰色のベンツEクラスが見える。左ハンドルだった。

真崎は覆面パトカーに乗り込んだ。二分ほど待つと、野中が『スラッシュ』から現われた。大股でベンツに歩み寄り、先に発進させる。真崎はベンツに従った。

目的のマンションを探し当てたのは、およそ二十五分後だった。

野中がひとりで有理沙の自宅マンションに向かった。表玄関はオートロック・システムにはなっていなかった。野中は入居者のような顔をして、エントランスロビーに入った。すぐにエレベーターで八階に上がったようだ。

真崎はセブンスターを喫《す》いながら、相棒が戻るのを待った。

野中がスカイラインの助手席に乗り込んだのは十七、八分後だった。

「有理沙に会った甲斐《かい》がありました。元AV女優の風俗嬢は小寺にたびたびホテルに呼びつけられて、変態じみたプレイの相手をさせられることを苦々しく思ってたらしいんですよ」

「当然だろうな」

「それで反撃の材料を手に入れる気になって、先週呼び出されたときに予備のスマホで小寺のプレイをこっそり動画撮影したらしい」

「有理沙のスマホを借りてきてくれたか？」

真崎は確かめた。野中が大きくうなずき、ウールコートのポケットから装飾されたスマートフォンを取り出した。

有理沙が隠し撮りした動画がすぐにディスプレイに流れはじめた。真崎は首を伸ばした。全裸の小寺がベッドの上で、有理沙の足の指をうっとりとした顔でしゃぶっている。両眼は閉じられていた。

「足フェチなんだろうな。真崎さん、小寺の右手をよく見てください。有理沙の足を舐《な》めながら、てめえのシンボルを刺激してるでしょ？」

「ああ、してるな」

「クンニしてるとこを隠し撮りされたよりも、恥ずかしい動画だよね。このスマホと鮨屋で撮影した動画を真崎さんに渡します。その両方があれば、小寺はもう悪事の言い逃れはできなくなるでしょう」

野中が動画を静止させ、コートからデジタルカメラを摑み出した。真崎は礼を言って、スマートフォンとデジタルカメラを借り受けた。

「有理沙は、そのうちスマホを店長に預けてくれればいいと言ってた。用が済んだら、おれが返しておきますよ。これから新宿署に行って小寺を追いつめてやれば、監察官殺しに関与してるかどうかわかるでしょ？」

「そうしてみるよ」

「おれは、ここで消えます」

野中がスカイラインの助手席から降り、ベンツに向かった。ほどなくドイツ車が走り去った。

真崎は覆面パトカーを新宿署に走らせた。

割に近い。靖国《やすくに》通りをたどって、新宿大ガードを潜《くぐ》る。青梅《おうめ》街道を数百メートル進むと、左側に都内で最大の所轄署が見えてきた。常駐している機動捜査隊員を入れれば、署員数は千人以上だ。

真崎は地下の駐車場に覆面パトカーを置き、受付ロビーに上がった。組織犯罪対策課や生活安全課の刑事は、めったに自席には着いていない。たいてい外で捜査活動をしているものだ。

真崎は刑事であることを明かし、小寺との面会を申し込んだ。外出していることを半《なか》ば覚悟していたが、意外にも小寺は署内にいた。

真崎は受付ロビーに降りてきた小寺を署舎の裏まで歩かせた。凍《い》てついたビル風が吹きすさんでいる。凍《こご》えそうな寒さだ。

真崎は先にデジタルカメラの動画を小寺に観《み》せ、恥ずかしい映像も再生させた。小寺は蒼《あお》ざめ、目をつぶった。幾度も溜息をつく。

「風俗店オーナーたち十数人から月に十万ずつ小遣いをせびって、気に入った風俗嬢たちをホテルに呼びつけ、只乗りしてたな？」

「それは……」

「男なら、潔《いさぎよ》く罪を認めろ！」

「は、はい。その通りです」

「悪事を人事一課監察に知られ、そっちは逸見主任監察官にマークされてた。逸見警部が射殺された夜のアリバイは一応、成立してるんだが、本当に従兄《いとこ》の家にいたのか？　親類の者に口裏を合わせてもらったケースは一件や二件じゃない」

真崎は小寺を正視した。小寺は目を逸《そ》らさなかった。

「まだ疑われてるんですか。自分で言うのはおかしいですが、わたしは小悪党です。風俗店関係者の弱みにつけ入ったことは認めますが、殺人なんてやってませんよ。天地神明に誓って……」

「そっちは警察官の面汚《つらよご》しだっ。首席監察官を呼ぶから、直立不動で待て！」

真崎はデジタルカメラとスマートフォンをポケットに入れ、刑事用携帯電話《ポリスモード》を取り出した。

4

線香を手向《たむ》ける。

真崎は逸見淳の遺影を見つめてから、両手を合わせた。逸見宅の和室だ。六畳間だった。港区内にある警察の家族住宅だ。マンション風の集合住宅で、間取りは３ＤＫだった。

真崎は新宿署の小寺刑事の身柄を引き渡すと、被害者宅を訪れたのである。

逸見の妻の奈穂《なほ》に捜査本部事件の支援に駆り出された特捜刑事であることを伝え、協力を求めた。奈穂は快諾《かいだく》してくれた。真崎は聞き込みをする前に故人を弔《とむら》いたいと願い出た。奈穂は、真崎を奥の和室に案内した。

白布で覆《おお》われた台の上には、骨箱が置かれている。遺影は花に埋もれそうだ。供物《くもつ》も多い。

真崎は逸見の冥福《めいふく》を祈り、合掌《がっしょう》を解《と》いた。体の向きを変え、未亡人に一礼する。

「後《おく》れ馳《ば》せながら、お悔やみ申し上げます」

「わざわざ恐縮です」

座卓の向こうで、奈穂が頭を下げた。まだ悲しみに打ちひしがれているらしく、やつれ気味だった。目許の隈《くま》が痛々しい。

「生前のご主人とは何度か立ち話をしたことがあるんですよ。個人的なつき合いはありませんでしたけどね」

「そうでしたか」

「享年四十二ですから、惜しまれますよね」

「ええ。職業柄、殉職することがまったくないとは思っていませんでしたけど、まさかこんなに早く夫と死に別れることになるなんて……」

「当分、お辛《つら》いでしょう。逸見さんは二階級特進で警視正になられたわけですが、そんなことでは報《むく》われないと思います」

「ええ、そうですね」

「当座の暮らしに心配はないでしょうが、これから何かと大変になるでしょう。なんとか悲しみを乗り越えて、力強く生きていただきたいな」

「泣いてばかりいたら、死んだ夫に叱られそうですから、納骨が済んだら、独身のころに働いていた総合病院に復職させてもらうつもりです」

「奥さんは結婚されるまでナースをしてらしたんですね。捜査資料にそのことは記《しる》してありました」

「そうですか。あっ、どうぞ足を崩されてください。ずっと正坐では……」

「不作法ですが、そうさせてもらいます」

真崎は胡坐《あぐら》をかいた。奈穂が日本茶を手早く淹《い》れ、茶托《ちゃたく》を真崎の目の前に置く。

「どうぞお気遣いなさらないでください」

「粗茶ですけど、お熱いうちにどうぞ」

「はい、いただきます。そのうち家族寮から出なければならないんでしょう?」

「中古の分譲マンションを買おうと思っています。ローンや家賃の負担がなければ、お給料だけで生活していけるでしょうから」

「大変でしょうが、頑張ってほしいな」

「勁《つよ》く生きるつもりです。ところで、捜査は二期目に入ったそうですが、特に大きな進展はないとか？」

「ええ。七係と四係のメンバーが力を尽くしてはいるんですが……」

「そんなことで、真崎さんが応援に駆り出されたわけですね」

「そうなんですよ。しかし、そのことは捜査本部のみんなには黙っててほしいんです。彼らの面子《メンツ》もあるでしょうしね」

「わたし、余計なことは言いません」

「お願いします。第一期捜査では逸見さんが内偵してた上野署の戸松巡査長、神田署職員の徳岡、新宿署の小寺巡査部長の三人を中心に調べたんです。三人とも、よからぬことをしてましたのでね」

「でも、その三人にはそれぞれアリバイがあったということで捜査対象から外されたと担当の管理官の方からうかがいましたけど」

「ええ、そうなんです。しかし、アリバイ工作をした疑いがまるでないわけではなかったんで、調べ直してみたんですよ。ですが、三人ともシロだと再確認しました」

「やはり、そうでしたか」

「初動捜査のとき、あなたは事件当夜、逸見さんが池袋の裏通りで被害に遭《あ》われたことに思い当たらないと答えてらっしゃいますよね？」

「はい、そう答えました。夫は職務に関することはわたしには話してくれませんでしたので。でも……」

「でも、何でしょう?」

真崎は聞き逃さなかった。

「いいえ、なんでもありません」

「奥さん、仮にご主人が監察内容について家族に洩らしてたとしても、それで罰《ばっ》せられるようなことはありません。ですので、隠しごとはなさらないでほしいんですよ」

「実は、捜査本部の方たちには黙っていたことがあります。といっても、夫の職務に関することではないんですけど」

奈穂が意を決したような表情で、一息に言った。

「逸見さんは個人的に何か調べてたんではありませんか?」

「ええ、そうなんです。真崎さん、本庁で会計業務に携わってた三橋圭佑《みはしけいすけ》という職員をご存じでしょうか?」

「面識はなかったと思いますが、その名には聞き覚えがあります。二年ぐらい前に依願退職して、フリーの調査員になった男でしょ?」

「そうです。ちょうど半年前の六月上旬に都内のホテルでクラブホステスと硫化水素を使って心中した方です。まだ三十九歳だったようです」

「あっ、思い出しました。その三橋という男は二年数カ月前に内部告発をしたんで、職場に居づらくなって自ら職を辞したはずですよ」

「内部告発をしたんですか。夫はそこまでは話してくれませんでしたけど、心中を装った他殺の疑いがあると言って、非番の日に調べてたんですよ。死んだ二人には、なんの接点もなさそうだと洩らしていましたから、心中したと思われた男女は何者かに殺害されたと確信したのかもしれません」

「三橋圭佑は在職中に架空の変死体検案謝金及び通訳謝金の文書が見つかったという内容の暴露記事を『現代ジャーナル』というリベラルな総合月刊誌に寄稿したことで同僚たちに裏切り者と指さされたんでしょう。で、依願退職したようなんですよ」

「そうなんですか」

「だいぶ以前に警察の裏金のことがマスコミや市民団体に叩かれ、社会問題になりました」

「ええ、そうでしたね」

「まさか性懲《しょうこ》りもなく裏金づくりなんかしてないだろうと思った多くの警察官や職員は、三橋が根も葉もないことを書いて組織を貶《おとし》めたと感じたんでしょう。しかし、三橋が心中に見せかけてクラブホステスと一緒に殺害されたんだとしたら、内部告発は中傷やデマではなく……」

「事実だったのかもしれませんね」

「ええ。そのことを個人的に突きとめた逸見さんも命を狙われたと考えられます」

「警察関係者が三橋という職員を心中に見せかけて葬って、夫も殺害したんでしょうか？」

「そんなふうにも疑えますよね」

「ひどい！　仲間たちを虫けらのように始末するなんて、あまりにも冷酷です」

「奥さん、冷静になってください。まだ警察関係者が企《たくら》んだ犯罪だと決まったわけじゃないんですから」

真崎は奈穂をなだめた。

「早合点して、取り乱してしまって恥ずかしいわ」

「三橋は依願退職後、フリーの調査員をして生計を立てていたようです。法律事務所、生命保険会社、企業信用調査会社などの依頼で、さまざまな事柄を調べ回ってたんでしょう。それで、大きな犯罪や不正の証拠を三橋は摑んだのかもしれません」

「ええ。それは考えられますね」

「奥さんは、ご主人が三橋圭佑の死の真相を密かに嗅《か》ぎ回っていることを捜査本部の人間にどうして教えなかったんですか。逸見さんが亡くなられる前、もしかしたら、ご夫婦は何者かに脅迫されてた？」

「いいえ、そういうことはありませんでした。殺人事件の捜査は、本庁捜査一課と所轄署刑事課のテリトリーですよね？」

「ええ、そうです」

「人事一課監察に所属してた夫が出過ぎた真似をしてたことを話したら、殉職したのは自業自得だと思われるのではないかと考えて言えなかったんです。故人のイメージが悪くなるのは避けたかったんですよ。だって、夫は正義感の塊《かたまり》のような人間でした。スタンドプレイで非番のとき、三橋さんの死について調べてたわけじゃなかったんでしょう。捜査一課のメンバーになりたくて、手柄を立てたかったんでもないと思っていました。純粋に事件の真相を暴きたかったにちがいありません」

「そうだったんでしょう。ただですね、三橋がクラブホステスと心中したのではなく、殺害されたとしても……」

「なんでしょう？」

「ご主人が射殺されたのは、三橋の死の真相を知ったからとは断定できません。そう疑うことはできても、いまの段階では推測の域を出てませんので」

「ええ、そうなりますね。夫がわたしには内緒で別の事件を個人的に調べてた可能性もあるわけですので」

「ただ、刑事の勘《かん》だと、三橋圭佑の死と逸見さんの事件はリンクしてると思うんですよ」

「真崎さん、繋《つな》がりがあるかどうか調べていただけますか？」

「すぐ調べてみましょう」

「どうかよろしくお願いします。わたし、夫を一日も早く成仏《じょうぶつ》させてあげたいんです」

奈穂が涙で声を詰まらせた。真崎は視線を落とし、緑茶を口に含んだ。

「ごめんなさいね」

「いいえ。ご協力に感謝します」

「こちらこそ、お礼申し上げます」

奈穂が頭を深く垂れた。

真崎は暇《いとま》を告げ、逸見宅を辞去した。警察の家族寮を出て、路上に駐めたスカイラインに乗り込む。

真崎は覆面パトカーを数百メートル走らせてから、ガードレールに寄せた。馬場参事官に電話をかけて、逸見奈穂から聞いた話を細かく伝える。

「東銀座の有名ホテルの一五〇四号室の浴室でクラブホステスと一緒に死んでた三橋圭佑の死には、確かに謎があったね。浴室には便器洗浄剤の容器が転がってて、硫化水素の有毒ガスが充満してた。ドアの隙間はビニールテープで内側から目張《めば》りされてたんだが、開ける側のテープの真ん中あたりがフレームとドアの隙間にめり込んでたらしい」

「浴室のドアの内側に貼りつけておいたビニールテープを洗面所側から強力クリーナーか

何かで吸引して、目張りをしたのかもしれないってことですね？」

「そう疑えないこともない。死んだ二人のどちらかが浴室の内側から目張りをしたとしたら、ビニールテープは隙間にまでは喰《く》い込まないと思うんだ」

「そうでしょうね。確か心中を装った他殺の可能性もあるということで、所轄の築地署《つきじしょ》は死んだ二人を司法解剖に回したんじゃなかったかな」

「そうなんだ。三橋と赤坂のクラブホステスだった時任《ときとう》かすみは大塚の東京都監察医務院で解剖された。死因は、硫化水素による中毒死だった。どちらにもまったく外傷がなく、麻酔で眠らされた痕跡もなかったと剖見《ぼうけん》に記述されてた」

「火傷痕《かしょうこん》はどうだったんでしょう？　三橋たち二人は強力な高圧電流銃《スタンガン》で昏絶《こんぜつ》させられ、素っ裸で有毒ガスが発生してる浴室に閉じ込められたのかもしれませんよ」

「スタンガンの電極を肌に押し当てられた痕《あと》もなかったはずだ。監察医は足の裏まで検《しら》べたようだがね」

「そうですか。参事官、三橋たち二人の初動捜査に当たった機捜から関係調書を取り寄せて、こっちのノートパソコンに送信していただけませんかね？」

「わかった！　きみは、どう動く予定なのかな？」

馬場が問いかけてきた。

「これから九段下《くだんした》にある現代ジャーナル社に行って、三橋の匿名告発記事が載ってる『現代ジャーナル』のバックナンバーのコピーを取らせてもらいます。国会図書館でも寄稿記事は読めるはずですが、編集者に確かめたいことがありますんで」

「そう。三橋圭佑は警察内で依然として裏金づくりがされている疑いがあると〝M〟という筆名で寄稿してたが、警視庁の会計文書は一般市民にも公開されてる」

「ええ、そうですね。警察庁情報公開室で閲覧《えつらん》できます」

「警察の予算は、国費と都道府県費で賄《まかな》われてる。警視庁《うち》の場合は国費と都の税金が注ぎ込まれるわけだ。国費については会計検査院がチェックして、会計文書は保存されてる」

「そうですね」

「三橋は変死体検案謝金と通訳謝金が不正支出されてる疑いが濃厚だと『現代ジャーナル』に寄稿したんだが、そんなことはあり得ないと思うな。変死体を検案した医者に対しては一体三、四千円が支払われてるが、支給調書と検案書には変死体が発生した年月日や所轄署名などが明記されてる。検案に立ち会った警察官の氏名も載ってるだろう？」

「ええ」

「架空の検案謝金を支払ったことにして、裏金をプールすることなどできないはずだよ」

「参事官、ちょっとよろしいですか。それ以前に、東京二十三区内の変死体はすべて東京都監察医務院のドクターが検案することになっています、死体解剖保存法によって」

「そうだったね。しかし、変死体検案謝金が警察医に支払われてるという話はずっと昔から聞いてたな」

「さっきの法律があるわけですから、二十三区内では一般の医師が警察から謝金を貰うことは普通はあり得ないことでしょ？」

「そうだろうね。ただ、多摩地区では各地区の医師会が東京都から委託《いたく》され、変死体の検案をすると、一体について約三万円の委託金が支払われている。それは確かだ」

「会計検査院の監査が甘いことを知っているので、二十三区内のドクターにも変死体検案謝金を払ったことにして、裏金を捻出したのでしょうか。そうした不正に目をつぶるわけにはいかないと三橋圭佑は憤《いきどお》りに駆られて、内部告発に踏み切ったとは考えられませんかね？」

「そうなんだろうか」

「通訳謝金は、ごまかしやすいかもしれませんね。外国人の被疑者を取り調べるとき、通訳センターは語学力のある警察官や職員を派遣《はけん》していますが、民間人の通訳も使ってます」

「そうだね。民間の通訳には安くない謝金が支払われてる。正確な数字は把握《はあく》してないが、午前八時から午後六時までの通訳は時給九千円近かったと思う。午後十時から翌朝五時までは時給一万二千円ほどだったんじゃないかな」

「通訳者の氏名や住所はもちろん、何語の通訳に当たったかなんてことも支給調書と通訳業務実施報告書には記入されていますが、年間数千枚が提出されてるでしょうね」

「多い年は五千枚をオーバーしてるそうだ」

「会計検査院の職員が、支給調書や報告書を一枚ずつチェックをするのは物理的に困難ですね。その結果、監査がずさんになることもあるかもしれません」

「スタッフが足りないからね」

「チェックが甘いとなれば、もっともらしい架空の支給調書を紛《まぎ》れ込ませても、めったにバレないんでしょう」

「だから、一部の不心得者が都内二十三区の民間医師に変死体検案謝金を払ったことにしたり、でたらめな通訳業務実施報告書を作成して謝金を支給したことにし、浮かせた分をそっくり裏金にしてるんだろうか」

「そうは思いたくありませんが、長年にわたって全国の警察が捜査協力費という名目で必要経費を大幅に水増しして、年間予算をほぼ遣《つか》い切ったことにし、裏金づくりに精を出してたことを考えると……」

さすがに真崎は言葉を濁した。

「過去の過《あやま》ちを猛省して、警察社会は出直すことにした。ごく一部の人間が血税をちょろまかしていたとしても、組織ぐるみで裏金づくりはやってないだろう」

「そんなふうにクリーンになったと信じたいですね。しかし、どの官公庁も年間予算を余らせたがりません。与えられた金を遣い切らなかったら、翌年の予算は確実に減らされてしまいますので」

「ああ、そうだね。だからといって、経費を不正に膨らませて裏金をプールしてたことがふたたび発覚したら、巨大組織は瓦解《がかい》してしまうじゃないか。そんな愚か者ばかりなのかね、警察は。そうだとしたら、嘆《なげ》かわしいな」

「昔のように組織は腐敗しきってはいないでしょう。しかし、大半の者は親方日の丸という意識を棄《す》てていません。もっと言えば、血税を大事にしなければと考えてる警察官や職員はごく少数でしょう」

「それは当たってるだろうな」

「警察を批判する声が小さくなったら、同じ過《あやま》ちを繰り返すんではありませんか。別に優等生ぶるわけではありませんが、われわれはもっと襟《えり》を正すべきでしょう」

「わたしも同感だよ。しかし、三橋圭佑が内部告発したような疑惑はなかったんではないかな。臆測《おくそく》で物を言うのは控えるべきだが、三橋は上司や同僚との人間関係がうまくいってなかったのかもしれないね」

　馬場参事官が呟《つぶや》いた。

「で、いまも警察では裏金づくりが密かに続行されてる疑いがあるという匿名記事を『現代ジャーナル』に寄せた。そうおっしゃるんですか？」

「そうなんだろうね。本庁の会計文書は情報公開されてる。マスコミ関係者や市民運動家たちはいつでも閲覧できるわけだ」

「ええ。ですが、対象文書は三十万枚以上です。警察の不正を見つけ出そうとしても、骨が折れます。それに、肝心な箇所は黒塗り《マスキング》されたりしてます。国民の知る権利は充《み》たされないわけですよ。捜査員の旅費に関する文書の分量が突出して多いんですが、どの刑事がいつ、どこに行ったなんてことはほとんどマスキングされてます」

「捜査活動を詳細に記入したら、未解決事件の加害者たちに逃亡のチャンスを与えることにもなりかねないじゃないか。黒塗りするには、それなりの理由があるにちがいない」

「そういう側面があることは否定しません。しかし、会計検査院のチェックは完璧とは言えないでしょう？」

「それは仕方がないんじゃないのか。人手が足りないわけだから」

「それにしても、公開文書のマスキング箇所が多すぎますよ。市民の不信感を招くんではありませんか」

「その点は改めないといけないな。三橋圭佑がクラブホステスと心中に見せかけて中毒死させられたんだとしたら、故人の調査対象者も調べるべきだろうね」

「もちろん、そうする気でいました」

「頼まれた関係調書は必ずパソコンに送信するよ」

「お願いします。こっちは九段下の現代ジャーナル社に向かいます」

真崎は通話を切り上げ、イグニッションキーを回した。

# 第三章　葬《ほうむ》られた告発者

## 1

会議室に通された。

編集部に隣接していた。現代ジャーナル社の社屋の三階だ。六階建ての社屋は、北《きた》の丸《まる》公園の近くにある。

「お手間を取らせますが、よろしくお願いします」

真崎は、応対してくれた津坂等《つさかひとし》に頭を下げた。

津坂は『現代ジャーナル』の副編集長で、三橋が持ち込んだ原稿を掲載した人物である。四十代の半ばで、自由業に携《たずさ》わっているような雰囲気だ。髪を肩まで伸ばしている。

「すぐにバックナンバーを引っ張り出して、三橋さんが〝M〟という筆名で発表した告発記事をコピーします。それから、彼が証拠として持ち込んできた変死体検案謝金の支給調書と検案報告書の写しもお持ちしましょう。えーと、通訳謝金に関する文書のコピーも預かっていますので、そちらも一緒に……」

「仕事の邪魔をしてしまって、申し訳ありません」

「いいえ、気にしないでください。わたしも三橋さんがクラブホステスと心中したのは偽装臭いと思っていましたので、できる限りの協力はさせてもらいます」

「心強いお言葉です」

「どうぞお掛けになってお待ちください」

「はい」

真崎は窓側の椅子に腰かけた。まだ午後五時を過ぎたばかりだが、窓の外は暗い。

津坂が目礼し、会議室から出ていった。

それから間もなく、若い女性社員がコーヒーを運んできた。真崎は恐縮し、礼を述《の》べた。マグカップを傾けたとき、懐《ふところ》で私物のスマートフォンが振動した。発信者は野中だった。

「真崎さん、新宿署の小寺はどうだったのかな？」

「報告が遅くなって済まない。残念ながら、小寺はシロだったよ。身柄《ガラ》は新高首席監察官に渡しておいた」

「そうですか。薄汚い野郎は、少し懲《こ》らしめてやったほうがいいね」

「そうだな。その後、新たな手がかりを得たんだ」

真崎は逸見奈穂から得た情報を野中に教えた。

「三橋は、おそらく心中に見せかけて口を封じられたんでしょう。警察が架空の謝金を計上して、浮いた金をプールしてたことを『現代ジャーナル』で暴かれそうになったんなら、身内の誰かに消されたにちがいないな」

「そう疑えるが、まだ裏付《ウラ》けは取れてない。三橋は依願退職後、フリーでいろんな調査をこなしてたんだ。そっちの件で、知ってはならないことを知ってしまったのかもしれないな」

「確かに、その線も考えられますね。何か助《ス》けてほしいことがあったら、いつでも声をかけてほしいな」

野中がそう言い、先に電話を切った。

マグカップが空になったとき、津坂が会議室に戻ってきた。掲載記事のコピーだけではなく、支給調書と報告書の写しの束を抱《かか》えていた。

「先に三橋さんの告発記事を読んでもらったほうがいいでしょう」

「そうですね」

真崎は寄稿文のコピーを受け取り、すぐに目を通しはじめた。津坂が向かい合う位置に坐った。

記事は六頁《ページ》だった。三橋は会計文書の写しを添えて、変死体検案謝金と通訳謝金が警視庁の裏金の原資となっている可能性が高いと綴《つづ》っていた。二十三区内で発見された変死体を民間の医師が検案することはほぼあり得ないにもかかわらず、支給調書が存在している点を鋭く指摘している。

　同じ通訳がほぼ毎日、取り調べに立ち会っていることも不自然だと記述されている。いわゆる〝カラ取り調べ〟で、せっせと予算を消化している疑いは拭《ぬぐ》えないと書いていた。

「三橋さんは不正の証拠を握ってたらしく、いまも部署単位で裏金づくりに励んでると断定してたんですよ。しかし、編集部で一部の表現を推測という形にしたんです」

　津坂が言った。

「貴社に圧力がかかったんですか？」

「いいえ、そういうことはありませんでした。編集部としては中傷記事を『現代ジャーナル』に載《の》せるわけにはいかないので、三橋さんの話が事実なのかどうか確認する必要があります」

「それは当然でしょうね」

「編集部員が総出で警察庁情報公開室に通って、会計文書をチェックしました。三橋さんが持ち込んできた文書と照合してみたのですが、怪しい支給調書の肝心な箇所はことごとくマスキングされていました。二十三区内の変死体検案謝金の支給調書は一枚も公開されていませんでした。そんなことで、三橋さんの原稿の表現を和《やわ》らげさせてもらったわけです。もちろん、筆者の了解は得ましたよ」

「三橋圭佑が編集部に持ち込んだ支給調書や報告書の写しは、偽造されたものだったんだろうか」

真崎は小首を傾《かし》げた。

「本物の会計文書のコピーだったんだと思います。警察が都合の悪い会計文書は隠して、怪しまれそうな箇所もマスキングしたんでしょうね。そう考えられますが、断定めいた文言《ごん》を使ったら、警察も黙ってはいないでしょう。ですので、推測に留《とど》めたほうが無難だろうと……」

「三橋圭佑の反応はどうでした？」

「少し不満げでしたが、編集部員の誰かが闇討ちにされる恐れもあるかもしれないからと説得したんですよ。それで、妥協してくれたんです」

「そうですか」

「三橋さんがなんの接点もないクラブホステスと心中するわけはありません。わたしは、他殺だったと睨《にら》んでます」

「その疑いは濃いでしょうね。しかし、問題の内部告発記事が『現代ジャーナル』に載ったのは二年三カ月も前のことです。三橋圭佑が亡くなったのは、半年ほど前でしょ？」

「そうですね。警察が身内の裏切り者を始末する気になったとしたら、もっと早い時期に内部告発者を葬《ほうむ》りそうでしょう？」

「ええ」

「わたしはそう考え、三橋さんが調査を請け負ってた法律事務所、生保会社、調査会社を訪ねて情報を集めてみたんですよ」

「結果はどうでした？」

「三橋さんが調査の仕事で何かトラブルに巻き込まれていたという証言はありませんでした。一緒に死んだ時任かすみというクラブホステスが働いてた田町《たまち》通りの『セジュール』にも行ってみたんですよ。二十六歳のかすみは人気のあるホステスだったようですが、三橋さんとは一面識もないことがはっきりしました」

「時任かすみの交友関係は調べてみました？」

「ええ、一応。特定の交際相手はいないようでしたが、店の常連客たちにはかわいがられてたみたいで、ゴルフやクルージングに誘われてたことがわかりました」

「そうですか」

「『セジュール』の常連客の中に警察のお偉いさんがいるのではないかと思ったのですが、ひとりもいませんでした」

「三橋は内部告発してから、一年九カ月後に不審死しています。接点のない女性とホテルの浴室で死んでたわけですから、他殺だったと考えるべきでしょう」

「そうですね。でも、警察関係者は関与してないようなんですよ。謎の死の真相を早く知りたいんですが、捜査のプロではありませんから……」

「当然ですが、民間の方には捜査権がありません。真相に迫ることは容易じゃないと思います」

「独身だった三橋さんは、ちょくちょく群馬県の前橋《まえばし》にある実家に帰省《きせい》していたようです。母親が独《ひと》り暮らしをしているので、心配だったんでしょうね。小さな雑貨店を営《いとな》んでるらしいんですが、あまり体が丈夫じゃないって話でした。三橋さんのお母さんは何か知ってるんじゃないのかな」

「そうだと、いいですね。記事のコピー、いただいてもかまいませんか?」

「どうぞお持ちになってください。会計文書の写しも必要でしたら、お貸ししますよ」

「ここで目を通させてもらうだけで結構です」

「そうですか。自由にご覧になってください」

津坂が言った。真崎は会計文書の束を手前に引き寄せ、支給調書と報告書を次々に捲《めく》った。

疑わしい会計文書は一枚や二枚ではなかった。だが、津坂の話では不審な変死体検案謝金報告書は公開されていなかったらしい。

通訳謝金の支給調書の肝心な部分はマスキングされていたという。それでは、本庁で裏金づくりが行われていたことを立件するのは難しい。

真崎は『現代ジャーナル』の副編集長に礼を言って、記事のコピーだけを手に取った。会議室を出て、エレベーターホールに足を向ける。

現代ジャーナル社の裏通りにスカイラインは駐《と》めてあった。真崎は運転席に乗り込むなり、ノートパソコンを開いた。

参事官からメールが届いていた。すぐに関係調書をディスプレイに流しはじめる。

六月三日の午後十一時ごろ、『東銀座グレースホテル』の男性従業員が一五〇四号室の異変に気づいた。ドアの隙間《すきま》から硫黄《いおう》の強い臭気が通路に漏《も》れ出していたのだ。

ホテルマンは部屋のチャイムを何度も鳴らした。だが、なんの応答もなかった。ホテルマンは、そのことを上司に報告した。

上司はマスターキーを使って、一五〇四号室に入った。ツインベッドの部屋だった。メインライトは煌々《こうこう》と灯《とも》っていたが、客の姿は見当たらなかった。

強烈な臭《にお》いはバスルームから漂ってくる。ドアの隙間は黒い防水ビニールテープでしっかり目張《めば》りされていた。

ホテルマンたちは相談の末、一一〇番通報した。最初に現場に駆けつけた築地署地域課員たちは、本庁機動捜査隊の臨場を待った。所轄署の鑑識係が浴室のドアを開けた。内錠は掛けられていなかった。

バスルームには硫化水素の有毒ガスが立ち込めていた。バスタブの中で、素っ裸の男女が折り重なっている。すでに二人とも心肺停止状態だった。洗い場には、便器洗浄剤と入浴剤の容器が転がっていた。

状況から察し、初動捜査では心中と判断された。以前、硫化水素を使った自殺が流行《はや》った。それで捜査員の多くは、有毒ガスを吸ったことで裸の男女は死んでしまったと推定した。

しかし、少し遅れて現場に臨んだ所轄署のベテラン刑事は心中に見せかけた他殺の疑いが濃いと言い張った。本庁機動捜査隊の主任も、その推測に同調した。

三橋圭佑と時任かすみには接点がなかった。バスルームのフレームとドアの隙間に喰い込んだビニールテープに不自然さがあった。

その二点が重要視され、故人たちは司法解剖されることになった。死因は硫化水素による中毒死だった。なんの繋《つな》がりもない二人だったが、三橋の唇にはかすみのルージュが付着していた。右手の中指にはかすみの陰毛が絡みついていた。

そのことから、ベテラン刑事と機捜の主任は他殺説を引っ込めた。三橋が一面識もない時任かすみをどこかで誘惑し、心中を持ちかけたのではないか。クラブホステスは何らかの理由で厭世的《えんせいてき》な気持ちになっていて、三橋と一緒に死ぬ気になったのだろう。

フレームとドアの隙間に黒いビニールテープが喰い込んでいたのは、故人のどちらかが爪の先で軽く押し込んだのではないか。そうだとしたら、テープに指紋は付着しないだろう。

結局、警察は心中ということで一件落着させた。

関係調書を読みながら、真崎はラフな捜査に呆《あき》れてしまった。調書によると、三橋圭佑と名乗って一五〇四号室を予約していた男はチェックインの際《さい》、ハンチングを目深《まぶか》に被《かぶ》っていた。しかも、色の濃いサングラスをかけていたらしい。終始、革《かわ》手袋をしたままだったと記述されている。

その男が一五〇四号室に入ったことは、防犯カメラの映像で確認済みだ。だが、その人物が三橋圭佑かどうかは未確認だった。背恰好《せかっこう》はよく似ているが、同一人だという決め手はなかった。心中説にうなずけない点は、ほかにもあった。

三橋と一緒にバスルームで死んでいた時任かすみが一五〇四号室に入った瞬間は、十五階のどの防犯カメラにも映っていなかった。

中毒死した男女は別の場所で昏睡《こんすい》させられ、シーツやタオルの回収用ワゴンに乗せられて、一五〇四号室に運び入れられたのではないか。そして二人はバスルームに押し込まれ、三橋はクラブホステスに顔を押しつけられた。

そう考えれば、口紅がついていたことの説明がつく。加害者は時任かすみの恥毛を引き抜いて、三橋の指に巻きつけたのではないか。

捜査がずさんなのは、初動捜査を担《にな》った刑事たちが無能だったからではないかもしれない。有力な警察関係者が何かを糊塗《こと》したくて、裏から手を回して心中で一件落着させたとも疑える。

真崎は馬場参事官に返信メールを送ってから、覆面パトカーを走らせた。『東銀座グレースホテル』に着いたのは、およそ三十分後だった。

真崎はスカイラインを地下駐車場に置き、一階のフロントに上がった。刑事であることを明かして、総支配人との面会を求める。

五十歳前後のチーフフロントマンがにこやかにうなずき、内線電話の受話器を持ち上げた。真崎はフロントから少し離れた。

総支配人がフロントにやってきたのは数分後だった。小太りで、押し出しがいい。五十七、八歳だろうか。向山《むかいやま》という姓だった。

真崎は顔写真付きの身分証を見せ、来意を告げた。

「一五〇四号室のバスルームで硫化水素心中なんかされたので、そこは永久に空き部屋にしたんです。正直な話、とても迷惑でしたね」

向山支配人が顔をしかめた。

「とんだ災難でしたね。実は、心中じゃなかったのかもしれないんですよ」

「えっ⁉　所轄署の方たちは状況から察して、心中と断定したわけでしょ？」

「そうですね。しかし、他殺の疑いがあるんです」

　真崎は他殺の疑いがある点を具体的に挙《あ》げた。

「おっしゃるように亡くなったお二人が一五〇四号室に入られる場面は録画されていませんでしたね」

「死角を選んで一五〇四号室に出入りすることは可能ですか？」

「それは不可能でしょう。各階のエレベーターホール付近だけに留《とど》まらず、通路には何台も防犯カメラが設置されていますので」

「でしょうね。客用と従業員用エレベーターは別々になってるんでしょう？」

「はい。お客さまにクリーニング業者のワゴン、掃除機やモップを手にしたルーム係の姿はお目にかけないようにしています」

「従業員の方や電気などの修理作業員が利用されてるエレベーターのホール付近には、防犯カメラが取り付けてあるんですか？」

「いいえ、一台も設置されていません。働きぶりをモニターでチェックしていると思われたら、まずいですので」

「そうなら、外部の人間がホテルマンや出入りの修理作業員に化けて一五〇四号室に行くことは可能でしょうね」

「同じ制服姿だったり、電気か水道工事人らしい作業服を着てれば、何階にだって自由に上がれると思います」

総支配人が顔を曇らせた。

「ランドリーボックス型の台車なんかはホテルマンの恰好《かっこう》をしてたら、怪しまれずに使えるんだろうな」

「ええ、いちいち咎《とが》める者はいないでしょう。別にルーム係でなくても、そういった台車やワゴンをホテル従業員は使っていますのでね」

「そういうことなら、偽のホテルマンがボックス型の台車を使って意識を失ってる三橋圭佑と時任かすみの両名を十五階に運び、一五〇四号室で裸にしてバスタブに押し込んだのかもしれませんよ。それで便器洗浄剤などの容器を洗い場に転がして、浴室に硫化水素の有毒ガスを発生させたんでしょう」

「警察の方たちの話では、亡くなられた二人は麻酔をかけられたり、高圧電流銃《スタンガン》の類《たぐい》で眠らされた痕跡はまったくないとのことでしたよ」

「二人を昏睡させた手段はまだ謎ですが、バスルームの目張りに少し不自然な点があるんですよ。総支配人、防水のビニールテープと掃除機をお借りできませんか？」

「ご用意しますけど、いったい何にお使いになるんです？」

「偽装工作を見破れるかどうかテストしたいんですよ、一五〇四号室でね」

真崎は言った。向山が首を捻《ひね》りながらも、チーフフロントマンにビニールテープと掃除機を一五〇四号室に届けてほしいと指示した。

真崎と向山は、先にエレベーターで十五階に上がった。向山がマスターキーを用《もち》いて、一五〇四号室のドア・ロックを解除した。

入室する。客室としては使われていないということだったが、室内は少しも乱れていなかった。だが、ベッドカバーと寝具は剝《は》がされていた。

五分ほど過ぎたころ、チーフフロントマンが一五〇四号室に入ってきた。黒い防水ビニールテープを片手に持ち、クリーナーを引っ張っている。

「どちらもご用意いたしました」

「ありがとうございます。掃除機を洗面所に運んで、プラグをコンセントに差し込んどいていただけますか?」

真崎はビニールテープを受け取り、先にバスルームに向かった。洗い場に入り、ドアの右端に黒いビニールテープを上から下まで張りつける。五分も要さなかった。

真崎は洗面所に戻り、バスルームのドアを静かに閉めた。向山とチーフフロントマンが洗面所の隅に並んで立っていた。掃除機のプラグはコンセントに差し込まれている。

真崎はクリーナーの吸引口をドアとフレームの隙間に押し当てた。スイッチを入れ、吸い口を二度ほど上下させる。

フレーム側にも、ビニールテープがぴたりと吸いついていた。強く吸いつけた箇所は、ドアとフレームの間に喰い込んでいる。密室のトリックは看破《かんぱ》できた。

「思った通りです。三橋圭佑と時任かすみは、やはり殺害されたんでしょう」

真崎は笑顔で掃除機のスイッチを切った。

2

刑事部長室に足を踏み入れる。

真崎は会釈《えしやく》し、ソファセットに近づいた。天野刑事部長はコーヒーテーブルの向こう側に馬場参事官と並んで腰かけている。『東銀座グレースホテル』に出向き、密室トリックを見破った翌日の午後一時過ぎだ。

真崎は前夜のうちに馬場に電話をかけ、三橋圭佑と時任かすみが殺害されたことはほぼ間違いないと報告してあった。きょうの午前十一時前に馬場から電話があり、午後一時過ぎに刑事部長室に顔を出すよう指示されたのだ。

「わざわざ来てもらって悪いね。天野刑事部長が密室トリックを見破った件について詳しく知りたいとおっしゃったんで、登庁してもらったんだ。とりあえず、坐ってくれないか」

馬場が言った。真崎は一礼し、参事官の真ん前に坐ってトリックの件を説明した。天野が口を開く。

「さすがだね、真崎君。参事官から報告を受けたときは、そんな偽装工作はリアリティーがないと思ったんだ。しかし、実験してみたら、浴室のドアを外側から目張りすることは可能だった」

「刑事部長、ご自宅でテストされたんですか？」

真崎は確かめた。

「そうなんだ。内側からガラス扉の右端に貼りつけておいた粘着テープに脱衣所から掃除機の吸引口をフレームとドアの間に当てて、スイッチを〝強〟にしたら……」

「フレーム側にも張りついたんでしょう？」

「そう。粘着テープの端までは無理だったが、隙間は強く密着してた。きみの推理は正しいんだろう。三橋圭佑と時任かすみには面識がなかったわけだから、心中するはずはない。仮に三橋がどこかでクラブホステスをナンパしたとしても、知り合ったばかりの相手と人生に終止符《ピリオド》を打つ気になるわけない」

「そうでしょうね」

馬場が相槌《あいづち》を打つ。

「すべてとは言わないが、酒場で働く女性たちは逞《たくま》しい。男擦《ず》れもしてるだろう。時任かすみも三橋の打ち明け話に同情して一緒に死ぬ気になるわけはない。参事官も、そう思うだろう?」

「はい」

「真崎君が推測したように、死んだ二人は別の場所で意識不明にさせられ、犯人にボックス型の台車に押し込まれて、ホテル従業員や外部の工事人などが使ってるエレベーターで一五〇四号室に運ばれたんだろうな。ただね、三橋たち二人がどんな方法で昏睡状態にされたのかがわからないんだ」

「わたしも、その点に引っかかっているんです」

「参事官も同じか」

「ええ。検視や司法解剖でも、二人が麻酔液を嗅《か》がされたり、注射で昏睡させられた痕跡はなかったと報告されています」

「そうだったね。それから、高圧電流銃《スタンガン》の火傷痕《やけどあと》もなかった」

「そうでしたね」

「真崎君、その点についてはどんなふうに推測してるのかな?」

天野が問いかけてきた。

「そのことですが、三橋と時任かすみを心中に見せかけて殺害したと思われる人物は消音器付きの拳銃で二人を威嚇《いかく》しつづけ、一五〇四号室に連れ込んだんではありませんかね。

鋭利な刃物で恐怖を与えたとも考えられなくはありませんが、拳銃のほうが怯《おび》えるでしょう」

「そうだろうな。サイレンサー付きの拳銃を突きつけられたら、二人とも竦《すく》み上がって命令に従うだろうね。加害者は三橋にかすみの唇を吸いつけさせ、彼女の陰毛を一本毟《むし》らせた。だから、三橋の指にかすみの恥毛が絡みついてたんじゃないのか。真崎君はどう推測したのかな？」

「犯人が三橋の顔を押しつけて、かすみとキスさせ、右手の指に彼女の和毛《にこげ》を巻きつけたと筋を読んだんですが、天野刑事部長の推測が正しいと思います。二人は昏睡させられてたわけではなかったようですので」

「拳銃で威《おど》されてたとしたら、わたしの読みが当たってそうだな。犯人はピストルをちらつかせながら、三橋とかすみをバスタブの中に入らせたんだろうが、洗い場に置いた便器洗浄剤とほかの薬剤を混ぜたら、たちまち有毒ガスが発生するんじゃないのかね」

「と思います。しかし、一分や二分では中毒死しないでしょう。加害者は防毒マスクを被《かぶ》って、バスタブの中の二人に銃口をずっと向けてたのではないんでしょうか。死んだ二人は逃げるに逃げられなかったんでしょう。参事官はどうお考えですか？」

「真崎君の推測は正しいと思う。犯人は裸の男女がぐったりするのを見届けてから、浴室を出た。そしてクリーナーの吸引口をフレームとドアの間に当てて内側から目張りをし、一五〇四号室から逃走したんだろうね。刑事部長、どうでしょう？」

「そうなんだろうな。初動捜査に手落ちがあったようだね。築地署を説得して、捜査本部設置の要望をしてもらうか。馬場参事官、どうだろうか」

「それでは、角が立つんではありませんか？　それに、本庁《うち》の機捜の調べもラフだったことにもなります」

「双方に手落ちがあったことは事実だろうから……」

「真崎君に三橋と時任かすみが殺されたという立件材料を先に集めてもらったほうがよろしいかと思います」

「そのほうがよさそうだね」

「ええ。真崎君が手間取るようだったら、難事件の継続捜査をやっている強行犯二係の協力を得たら、どうでしょうか？」

馬場が提案した。

天野は刑事部各課の元締めだ。捜査一課はもちろん、すべての課を自在に動かせる。理事官や十三人の管理官は、刑事部長の手足と言ってもいい。捜査二課の歴代の課長は優秀な警察官僚《キャリア》だが、天野刑事部長の指揮下にある。

「参事官のアドバイスに従うことにしよう。真崎君、大変だろうが、粘って三橋とかすみを有毒ガスで死なせた犯人を捜し出してくれないか」

「はい」

「逸見の事件と三橋の死は関連があると思われる」

「こちらも、そう睨んでいます。きょうは、これから三橋圭佑の実家に行ってみるつもりです」

「そうか。捜査資料に確か三橋の実家の住所も書かれてたな」

「ええ。赤城《あかぎ》神社の近くの堀久保《ほりくぼ》という所で、おふくろさんは雑貨店を経営してるはずですよ」

「真崎君、三橋の母親に会いに行く必要があるんだろうか」

　馬場が会話に割り込んだ。

「どういう意味でしょう？」

「半年ほど前に三橋が亡くなった日の翌朝、所轄署刑事課の二人が前橋に出かけて三橋和恵《かずえ》、六十四歳に会ってる。しかし、母親から何も手がかりは得られなかったんだ。先月の主任監察官射殺事件と三橋の死はリンクしてるんだろうか。切り離して考えるべきかもしれないよ」

「参事官の筋読みが外れてるとは言いませんが、逸見と三橋には共通項があります。どちらも曲がったことが嫌いで、警察社会を少しでもよくしたいと考えていたと思われます」

「そうした点では似てたと言えるだろうね。しかし、三橋が『現代ジャーナル』に内部告発めいた文章を寄せたのは一年九カ月も前だよ」

「ええ、そうですね。そして、三橋は六月三日の夜、ホテルの浴室で亡くなりました。心中に見せかけた他殺の疑いがあります」

「そうなんだが、内部告発のことで警察関係者に始末されたんだとしたら、とうに殺《や》られてたはずだがな。三橋はマークしてた対象者に消されてしまったんではないだろうか」

「そのあたりのことを知りたいんで、三橋の母親に直《じか》に会って話を聞かせてもらいたいんですよ」

「参事官、真崎君を前橋に行かせてやろうじゃないか」

天野刑事部長が口を挟んだ。

「刑事部長がそうおっしゃるのでしたら、敢《あ》えて反対はしません。三橋の母親は築地署の捜査員には故意に喋《しゃべ》らなかったことがあるかもしれませんのでね」

「そうだな」

「真崎君、おかしなことを言ったが、気にしないでくれ。単に時間を有効に使うべきだと思っただけなんだよ」

「別に感情を害してなんかいません。参事官の助言通りになるかもしれませんが、三橋の身内に会っておきたいんです」

「ああ、そうしてくれないか」

「では、群馬に向かいます」

真崎は馬場に言って、天野に目礼した。ソファから腰を浮かせ、刑事部長室を出る。

真崎は地下三階に下《くだ》り、専用の覆面パトカーに乗り込んだ。本庁舎を出て数百メートル進むと、私物のスマートフォンに着信があった。

発信者は相棒の野中だった。真崎はスカイラインをガードレールに寄せて、スマートフォンを顔に近づけた。

「野中、どうした？」

「ちょっと気になる話が耳に入ったんですよ。三橋は、第三《だいさん》生命調査部の依頼で生命保険詐欺をやってる疑いのあるリフォーム業者を春先から調べ回ってたらしいんだ」

「虚偽情報《ガセネタ》を摑まされたんじゃないだろうな？」

「情報源《ネタモト》は信用できる男なんです。そいつは元犯罪ジャーナリストの情報屋なんだが、闇社会や前科者たちの裏情報をいろいろ持ってる。国広《くにひろ》って名で、五十二、三歳です。フリーライターで喰っていくのは厳しいんで、情報を切り売りして暮らすようになったんですよ」

「そう」

「国広の情報によると、三橋は『東光建工《とうこうけんこう》』という小さなリフォーム会社をやってる荒垣《あらがき》貴久《たかひさ》って男が身寄りのない従業員ばかりを雇い入れて、そいつらに高額の生命保険を掛けていることを調べ上げたらしいんだ。荒垣は高い保険料を払ってたそうですよ」

「保険金の受取人は、その荒垣というリフォーム会社の社長になってるわけだな？」

「そうです。三年前から従業員が五人も事故死してるんで、保険金詐欺の疑いを第三生命に持たれたんだってさ」

「それで、三橋は荒垣をマークしてたわけか」

「そういう話でした。死んだ従業員は五、六十代でリフォーム中の家の屋根やベランダから足を滑らせて死んだり、川に転落して溺死《できし》したらしいんだ」

「三年間に従業員が五人も死んでるとは怪しいな。リフォーム会社の荒垣社長が身寄りのない従業員たちを事故に見せかけて殺した疑惑は拭えない」

「荒垣は五人の従業員を事故死に見せかけて殺害し、不正に生命保険金を受け取ってたんじゃないのかな。それをフリーの調査員だった三橋に知られたんで……」

「三橋を心中に見せかけて殺害したんだろうか」

「きのう、捜査に進展があったようですね」

野中が言った。真崎は前日の経過を詳しく語った。

「二人が殺《や》られたことは間違いなさそうだが、三橋と時任かすみには接点がない。なんでクラブホステスは、三橋と一緒に抹殺されなければならなかったのか。真崎さん、そいつが謎だね」

「死んだ二人は一面識もなかったが、どちらも知ってる人間が介在してるんだろうな」

「あっ、そうか。そうなんでしょう。おれ、時任かすみの交友関係を徹底的に洗ってみてもいいよ。かすみと荒垣に接点があったら、『東銀座グレースホテル』での一件は解決するんじゃない？　荒垣は保険金詐欺のことを三橋と時任かすみに知られたんで、二人を心中に見せかけて始末したんだと思うな」

「そうなのかもしれない」

「真崎さん、どこかで落ち合って荒垣の会社に行ってみましょうよ。国広の情報だと、荒垣はたまにリフォーム現場を覗《のぞ》くだけで、普段はだいたい板橋《いたばし》区徳丸《とくまる》四丁目の事務所兼建材置場にいるらしいんだ」

「そうしたいところだが、前橋にある三橋の実家に向かいかけてたんだよ」

「そうだったのか。なら、おれが荒垣の会社に行って鎌をかけてみますよ」

「そうしてもらえると、ありがたいな」

「了解！」

野中が通話を切り上げた。

真崎は私物のスマートフォンを懐に突っ込み、ふたたび車を走らせはじめた。池袋経由で、練馬ＩＣから関越《かんえつ》自動車道の下り線に入る。

真崎は断続的にサイレンを鳴らし、前走車を次々に追い越した。堀久保は前橋市の北部だ。桐生《きりゅう》市と背中合わせである。

真崎は渋川伊香保《しぶかわいかほ》ICで降り、抜け道を走って国道353号線を東へ進んだ。『三橋商店』を探し当てたのは、午後三時十五分ごろだった。県道に面した住居付きの店舗だ。階下の一部と二階が居住スペースになっているようだ。

間口《まぐち》は、それほど広くない。各種の雑貨が陳列台を埋めている。客の姿は見当たらなかった。

真崎は『三橋商店』の数軒先の燃料店のブロック塀《べい》の横にスカイラインを駐めた。車を降り、三橋の実家に足を向ける。

店内に入ると、奥の円椅子《まるいす》に腰かけていた六十代の女性がゆっくりと立ち上がった。

「いらっしゃい！　何かお探しでしょうか？」

「客ではないんですよ。警視庁の者です」

真崎は警察手帳を見せた。

「わたし、圭佑の母親です。息子は心中したんじゃないんでしょ？　会ったこともないホステスとホテルの浴室で有毒ガスを吸って死ぬわけありません。わたし、警察の人たちに何度もそう言ったのよ。だけど、バスルームは内側から目張りしてある密室だったからと取り合ってもらえなかったの。とても悔しかったわ。息子がかわいそうで、何十日も涙にくれました」

「そうでしょうね。しかし、他殺だったと証明できそうなんです。密室トリックを見破ったんですよ。わかってみれば、子供騙《だま》しのトリックでした」

「その話は本当なの？」

三橋の母が身を乗り出した。真崎は笑顔を返し、他殺説を裏付ける事柄を教えた。

「そこまでわかったのなら、息子は知らない女と一緒に殺されたのよ。ええ、間違いないわ。それで、犯人の目星はついてるの？」

「それはまだ……」

「いまの警察は頼りないわね。息子は警視庁の職員を以前やってたんで、警察の悪口なんか言いたくない。でも、捜査ミスによる誤認逮捕をしたり、ストーカーの狙《ねら》ってた女性をみすみす殺されるようなヘマもしてるわ」

「耳が痛い話ですが、気の緩《ゆる》んだ警察官がいることは認めます」

「主佑から聞いたんだけど、かつて裏金のことで世間に呆《あき》れられたのに、体質はほとんど変わってないらしいじゃないの。架空の捜査経費を計上し、予算を浮かしてプールしてる部署があるんだってね」

「息子さんは、具体的にどこの警察署が裏金づくりに励《はげ》んでると言ってました？」

「そうした細かいことは教えてくれなかったけど、いまも全国の警察の三、四割は年の予算を余らせて裏金を溜め込んでるだろうと言ってたわ。そういう裏金の中から、異動になる署長や副署長の餞別《せんべつ》が百万円単位で渡ってるんだって。まさに税金泥棒じゃないの。法の番人たちがそこまで堕落してるなんて、ひどすぎるわ。圭佑は子供のころから人一倍、正義感が強かったんですよ。本当はお巡りさんになりたかったんだけど、消化器官が弱いんで採用試験に通らなかったの。それでね、翌春、職員になったのよ」

「そうだったんですか。お母さんは息子さんが二年三カ月ほど前に『現代ジャーナル』に内部告発めいた文章を寄稿したことは事前に知ってらしたんですか？」

「そのことで事前に相談を受けたの。圭佑は少し迷ってるようだったんで、『正しいと思ってることは損得なんか考えないで、実行に移しなさい』と言ってやりました。それだから、息子は決心したんでしょう」

「職場の人間には裏切り者と謗《そし》られ、依願退職せざるを得なかったんでしょうね」

「そうなんだけど、圭佑は少しも後悔してない様子だったわ。フリーの調査員で生計を立てながら、腐敗しきった警察社会の暗部を何らかの形で告発しつづけたいと張り切ってたのよ。でも、息子は長生きできなかった。結婚もしないで、さぞ無念だったでしょう」

三橋の母がうつむき、目頭を押さえた。真崎は一分ほど経《た》ってから、口を開いた。

「息子さんの自宅には、警察の堕落ぶりを批判するような原稿とか録音音声はあったんでしょうか？」

「そういった物は何もなかったわね。圭佑は強力な協力者が警察内部にいると洩らしたことがあるの。大事な物は、その方に預けたんじゃないのかしら？」

「先月の二日の夜、本庁の逸見淳主任監察官が池袋の裏通りで射殺されたんです」

「その事件のことは知ってるわ」

「息子さんの協力者は、その逸見警部ではないかと思ったんですが、どうなんでしょう？」

「圭佑の口から、逸見という名前は聞いたことがないわね」

「そうですか。調査の仕事で何者かに逆恨みされてるなんてことは言ってませんでしたか？　荒垣というリフォーム会社を経営してる男のことも聞いた覚えはありません？　そいつは保険金詐欺を重ねて、息子さんに調査されてたんですよ。調査の依頼主は、第三生命なんですがね」

「荒垣という名も聞いた記憶はないわ」

「どんな小さなことでも結構なんですが、息子さんがふと洩らした言葉で気になられたことはあります？」

「本庁総務部会計課会計監査室に悪人がいるんだと言ったことがあったわね。名前はサカモトか、サカイだった気がするわ」

「会計監査室次長は、確か堺光一《さかいこういち》ですよ。四十八歳の温厚な人物です。何か悪さをするような人間には見えませんがね」

「そうなら、サカモトという名前だったのかな」

「会計監査室にサの付く苗字の者は、堺光一しかいないはずです」

「それだったら、堺という方なんでしょうね。圭佑は、その相手のことを軽蔑《けいべつ》してる口調だったわ。きっと何か背任行為をしてるにちがいないわ。刑事さん、その堺光一という男のことを少し調べてもらえません？　息子の死に関わってるかもしれないので」

三橋和恵が訴えた。

「わかりました。息子さんは、この近くの寺で眠ってるんでしょうか？」

「うちの墓は東吾妻町《ひがしあがつままち》にあるの。榛名山《はるなさん》の北側ね。少し離れてるから、息子の月命日にしか行ってやれないのよ。でも、納骨室《カロート》には主人の骨壺《こつつぼ》も入ってるから、圭佑は淋《さび》しくないと思うわ」

「ご協力、ありがとうございました」

真崎は謝意を表し、出入口に足を向けた。

3

西陽《にしび》が眩《まぶ》しい。

真崎は『三橋商店』の前で、額《ひたい》に小手《こて》を翳《かざ》した。すると、路上に駐めた覆面パトカーのそばに不審な男がたたずんでいた。

四十歳前後で、細身だ。くたびれた茶色のダウンパーカを着ている。

真崎は、スカイラインに向かって大股で歩きだした。

怪しい男が狼狽《ろうばい》した様子で、スカイラインから離れた。二十メートルほど先に、白いカローラが見える。ナンバーの頭に〝わ〟が冠してある。レンタカーだ。

不審者がカローラに乗り込み、すぐ発進させた。真崎は覆面パトカーの運転席に入り、急いでエンジンをかけた。

カローラが加速する。真崎もアクセルペダルを深く踏み込んだ。追尾していることを覚《さと》られてもかまわない。車間距離がみるみる縮まる。

カローラは県道から市道に入り、間もなく林道に乗り入れた。罠《わな》の気配がうかがえる。

レンタカーを運転している男は、自分を人のいない場所に誘い込む気なのではないか。真崎はそう思えたが、少しも怯《ひる》まなかった。

相手が何か物騒な物を所持していても、自分も丸腰ではない。身に危険が迫ったら、ベレッタ92FSで応戦できる。

林道を直進すると、赤芝《あかしば》牧場に達するようだ。道標には、そう記《しる》してあった。その先は鍋割山《なべわりやま》の裾野になっているのだろう。

真崎は覆面パトカーのサイレンを響かせた。

カローラが少し減速した。だが、すぐにスピードを上げる。命懸《が》けで逃走する気になったらしい。

真崎は猛然と追った。

カーチェイスになることを覚悟していたが、突然、カローラが林道の端で急停止した。不審な四十男は運転席から飛び出し、林の中に逃げ込んだ。罠かもしれない。

林の中に荒っぽい男たちが待ち受けているのか。

真崎は、レンタカーの真後ろにスカイラインを停めた。カローラのドアを開け、車検証を見る。飯田橋にあるレンタカー会社の営業所のカローラだった。借り主を割り出す手がかりは、車内には何も残っていない。

真崎は林の中に分け入らなかった。スカイラインに乗り込み、シフトレバーをR《リヴァース》レンジに入れる。五、六十メートル退《さ》がると、側道《そくどう》があった。

車を尻《しり》から側道に突っ込み、運転席から出る。真崎は林道に出ると、姿勢を低くしてカローラに接近した。屈《かが》み込み、レンタカーの前輪と後輪の空気を抜く。

真崎は少し後ろめたさを感じたが、やむを得ないだろう。捜査本部事件を早く解決させたいという気持ちが強かった。

真崎は近くの林の中に身を潜《ひそ》めた。

地表は、折り重なった枯葉《かれは》や病葉《わくらば》でほとんど見えない。歩くたびに、かさこそと鳴る。

不審者に気づかれそうだ。真崎は、じっと動かなかった。何分か待てば、不審者はレンタカーを置いた林道に引き返してくるにちがいない。

読みは正しかった。七、八分過ぎると、逃げた男が林の奥から戻ってきた。真崎は、にっと笑った。不審者がレンタカーのタイヤを見て、舌打ちした。

真崎は林道に躍《おど》り出た。

「悪い奴がいたもんだな。前後輪のエアを抜かれたら、お手上げだよね」

男が言った。

「あんたが空気を抜いたくせに」

「おれは、そんな悪質なことはしない。刑事の中には、とんでもない悪党《ワル》もいるがな」

「白々しいぞ！」

「東京から、おれの車を尾《つ》けてきたのか？」

真崎は訊いた。

「なんの話だ？　わたしは、覆面パトカーらしい車が駐めてあったんで……」

「ちょっと眺《なが》めてただけだったと言うのかっ。そんな言い訳は通用しないぞ」

「そうだったんだよ」

男が言いながら、林道の向こう側の繁みに走り入った。

真崎は追った。不審者は樹木の間を巧《たく》みに縫《ぬ》って奥に向かった。動きに無駄がない。

田舎《いなか》育ちで、子供のころから野山を駆け回っていたのか。都会っ子の真崎は、獣のようには走れない。たちまち引き離されてしまった。

「止まらないと、撃つぞ！」

真崎は大声を発し、ホルスターからイタリア製の拳銃を引き抜いた。

むろん、発砲するつもりはない。あくまでも威嚇だった。そのことを見抜いているのか、男は走ることをいっこうに止めない。

真崎はためらいを捩伏《ねじふ》せ、手早くベレッタ92FSの安全装置を外した。

銃口を空に向けて、引き金を絞る。銃声が轟《とどろ》き、排莢口《はいきようこう》から薬莢が右横に弾き出された。近くに民家は見当たらない。銃声は誰の耳にも届かなかっただろう。

しかし、薬莢には自分の指紋が付着している。回収しておかないと、後日、面倒なことになりかねない。

真崎は、樹幹に当たって跳《は》ね返された薬莢を足許から拾い上げた。それをパーカのポケットに滑り込ませたとき、怪しい男の足音が熄《や》んだ。

真崎は拳銃を握ったまま、林の奥まで駆けた。カローラを運転していた男は両手を高く掲《かか》げて、戦《おのの》いていた。肩が上下している。

「もう撃たないでくれ。アメリカの刑事《コップ》だって、丸腰の人間には発砲したりしないはずだぞ」

「暴発させてしまったんだよ。発砲する気なんかなかった」

　真崎は言い繕《つくろ》った。

「本当だね？」

「ああ」

「なら、早くピストルを仕舞《しま》ってくれないか。落ち着かないんだ」

　相手が言った。真崎は安全装置を掛けてから、ベレッタ92FSをホルスターに収めた。男が安堵《あんど》した表情になり、両手を下げる。

「おれの正体を知ってたな。そっちは何者なんだ？」

「フリーのカメラマンだよ。デジタルカメラが普及しはじめたころから徐々に仕事が減って、写真だけでは喰えなくなったんだ。だから、四、五年前から便利屋みたいなことをして喰いつないでる」

「名前は？」

「若竹敏宏《わかたけとしひろ》」

「とっさに思いついた偽名か？」

「本名だよ」

「運転免許証を見せてくれ」

　真崎は言った。若竹と称した男が少し考えてから、ヒップポケットから運転免許証を抓《つま》み出した。

真崎は運転免許証を受け取り、真っ先に顔写真を確認した。本人の写真に間違いない。名乗った氏名も偽《いつわ》りではなかった。四十一歳で、現住所は江戸川《えどがわ》区船堀《ふなぼり》になっている。

真崎は若竹に運転免許証を返した。

「誰に頼まれて、おれを尾行したんだ？」

「それは勘弁してくれないか」

「喋る気がないなら、それでもいいさ。両手を前に出してもらおうか」

「え？」

「公務執行妨害で逮捕する」

「検挙なんかされたら、食べていけなくなっちゃうよ」

「手錠を打たれたくなかったら、もう観念しろ！」

「津坂さんには恨まれるだろうが、仕方ないよ」

若竹が自分に言い聞かせた。

「『現代ジャーナル』の津坂副編集長に頼まれたのか⁉」

「そう、そうなんだ」

「副編集長は、どうして警察の動きを気にするのか。にわかには信じられないな」

「だろうね」

「津坂さんは二年数カ月前、警視庁で会計業務に携わってた三橋という職員の内部告発めいた文章を掲載したよな？」

「ああ。津坂さんは警察が昔もいまも組織ぐるみで裏金づくりをしてるにちがいないと考えてたんで、内部告発者の三橋とタッグを組んで『現代ジャーナル』でキャンペーンを張る気だったらしいんだ。三橋は警察首脳たちが真っ蒼になるような裏金に関する証拠を押さえてたようだな」

「津坂等がそう言ってたのか？」

「そうだよ。全国紙やテレビ局を出し抜けそうだって、津坂さんは張り切ってた。しかし、ある筋から圧力が津坂さんにかかった。で、三橋の寄稿文の表現をソフトにして、断定的な書き方は避けろと脅迫されたらしいんだ」

「ある筋というのは、闇社会の首領《ドン》なのか。それとも、国家公安委員長を務めてる閣僚か警察庁長官あたりなのかな？」

「津坂さんは、圧力をかけてきた人物については詳しく教えてくれなかった。副編集長は何か致命的な弱みを握られてたんだろうな。で、三橋の原稿に朱《あか》を入れさせられて、さらに警察社会の恥部を抉《えぐ》るキャンペーンを断念させられたんだと思うね。多分、それだけじゃないんだろうな」

「三橋が集めた裏金に関する証拠も焼却しろと脅《おど》されたのではないか？」

真崎は先回りして言った。

「そう。さらに、津坂さんは三橋という元警察職員を自殺か心中に見せかけて葬ってしまえと命じられたんじゃないのかな。きっとそうにちがいないよ。ちょっと記憶があやふやだが、三橋はクラブホステスと東銀座の有名ホテルの浴室で、硫化水素の有毒ガスを吸って死んだ」

「その通りだ」

「心中ってことで片づけられたみたいだが、そうだったんだろうか。津坂さんが悪知恵を働かせて、心中に見せかけて殺したとも考えられるんじゃないのかな」

「津坂副編集長は知的で思慮深い印象だが、私生活が乱れてるの？」

「彼は酒乱なんだよ。女が偉そうなことを言うと、激昂《げっこう》してしまうんだ。怒鳴《どな》りつけるだけじゃなく、拳骨《げんこつ》で殴ったり蹴ったりするみたいだな。そういう場面を目撃したことはないんだが、噂《うわさ》は事実なんだろうね。津坂さんはバツ2なんだ」

「そうなのか」

「酒癖が悪いから、酔った勢いで何かでっかい罪を犯したのかもしれないな。突っかかった相手を突き飛ばして、脳挫傷《のうざしょう》を負わせて逃げたんだろうか。あるいは、誰かを転落死させたことを圧力をかけてきた人物に目撃されてたとも考えられるな」

「人を殺したという弱みがあったら、脅迫に屈してしまうかもしれない。しかし、警察の暗部を共に暴こうとしてた三橋まで殺害する気になったとは思えないな。いってみれば、同志じゃないか」

「そうなんだけど、人間は追いつめられたら、邪悪なことをやっちゃうんじゃないか。津坂さんが大罪を犯して何喰わぬ顔で生きてきたとしたら、ひたすら保身本能を強めると思うな」

「そっちの話を鵜呑《うの》みにする気にはなれないが、話が事実かどうか確かめてみよう。津坂副編集長の携帯かスマホのナンバーを教えてもらおうか」

「断ったら、連行されそうだな」

若竹が呟いた。

「察しがいいじゃないか」

「わかったよ」

「何番かな？」

真崎は懐から私物のスマートフォンを取り出した。

「ナンバーを暗記してるわけじゃないんだ。でも、ちゃんと番号は登録してあるから、おたくに協力できるよ」

「早くしてくれ」

「せっかちだな」

若竹が口を歪《ゆが》め、ダウンパーカのポケットに手を突っ込んだ。

掴み出したのは携帯電話でもスマートフォンでもなかった。巾着袋《きんちゃくぶくろ》だ。若竹が手早く袋の口を開き、中身を真崎の顔面に投げつけてきた。

砂粒が拡散する。真崎は反射的に瞼《まぶた》を閉じたが、すぐに目に異物感を覚えた。

眼中に入ったのは、砂だけではなさそうだ。ひりひりして、涙があふれた。ペッパーや唐辛子《とうがらし》も混じっていたのだろう。

真崎は急所をまともに蹴《け》られた。

一瞬、気が遠くなった。唸《うな》りながら、膝《ひざ》から崩れる。拳銃を奪われたら、大変なことになるだろう。

真崎は拳銃の銃把《グリップ》をしっかと握り、耳に全神経を集めた。

若竹は、また前蹴りを見舞うつもりなのかもしれない。空気が揺れたら、自分から横に転がるつもりだ。

真崎は警戒しながら、耳に神経を集めた。

それから間もなく、若竹が走りだした。逃げる気になったのだろう。

真崎は何度も瞬《まばた》きをした。涙とともに、砂と香辛料を流す。ようやく半目を開けられるようになった。真崎は身を起こし、足音がした方向を見た。林の奥まで透《す》かして見たが、若竹の後ろ姿は目に映《えい》じない。

それでも、真崎は歩きだした。少しずつ瞼を開けられるようになった。逃がしてたまるか。

真崎は樹木の間を走りはじめた。林の奥の先は崖地になっていた。

斜面の下を見る。若竹が窪地で呼吸を整えていた。

「逃げても、意味ないぞ！　そっちの身許は、もう割れてるんだ」

真崎は声を張り上げた。若竹がぎょっとして、勢いよく走りだした。真崎は斜面に生えている樹々の枝を摑《つか》みながら、崖を下《くだ》りはじめた。

幾度も足を滑らせそうになったが、転ばずに済んだ。崖下に達したときは、すでに若竹は消えていた。

真崎は付近一帯を駆け巡ってみた。

しかし、若竹はどこにもいなかった。崖地を回り込んで、林のある台地に戻ったのか。そんなふうに裏をかかれたのだとすれば、覆面パトカーを奪われる恐れがある。

当然、車の鍵は抜いておいた。しかし、エンジンとバッテリーを直結させれば、スカイラインは動かせる。

真崎は崖の下に駆け戻り、斜面を登りはじめた。

二十メートルほど登ったとき、崖の上から大きな岩が投げ落とされた。岩は真崎のすぐ横を転がり落ちていった。一瞬、心臓がすぼまった。

岩を落としたのは若竹だった。真崎は拳銃を抜く真似をした。だが、若竹はにやにやと笑っただけだ。

「本当に撃つぞ」

「あんたが射撃術上級でも、わたしには命中しないだろう。斜面には太い樹木が何本も生えてるし、常緑樹は枝を大きく伸ばしてる。試《ため》しに撃ってみな」

「からかいやがって！」

真崎は歯噛みした。

若竹が薄笑いを浮かべて、また大小の石を崖の斜面に落としはじめた。折られた小枝も投げられた。真崎は落下物を目で確かめながら、左や右に逃げた。首尾よく石や小枝を躱《かわ》すことができた。

「焦《あせ》って斜面をよじ登ったら、崖の下まで転げ落ちるよ」

若竹が茶化して、背を見せた。

真崎は斜面をふたたび登った。崖の上には、もう若竹はいなかった。真崎は林の中を抜けた。林道に出ると、レンタカーは消えていた。どうやら若竹は、空気の抜けたタイヤのカローラに乗って逃走したらしい。

林道にはタイヤの痕《あと》がくっきりと見える。砂利も地面に埋まっていた。若竹は林道の先の市道に出る気なのだろう。

真崎は側道まで一気に駆けた。

スカイラインは動かされていなかった。真崎は胸を撫《な》で下ろし、覆面パトカーのエンジンを唸《うな》らせた。林道を進み、市道に出る。カローラはどこにも見当たらない。アスファルト舗装された市道にタイヤ痕はなかった。

若竹はレンタカーを左折させたのか。逆に右に曲がったのだろうか。判断ができない。

素姓を告げれば、群馬県警の協力は得られるだろう。そうすれば、一時間以内には若竹の居所は摑めると思う。

しかし、密行捜査で動いていることを知られてしまうかもしれない。忌々《いまいま》しいことだが、若竹の追跡は諦めざるを得なかった。

真崎は車をガードレールの際《きわ》に停めて、セブンスターをくわえた。

煙草を深く喫《す》いつけながら、若竹が喋ったことを一語ずつ思い出してみる。雇い主は、本当に津坂等だったのだろうか。

拳銃で竦《すく》み上がらせたとはいえ、あっさり雇い主の名を口にしたことが不自然に思える。若竹には何か作為《さくい》があったのではないか。ミスリード工作だったと考えられなくもない。

津坂に探《さぐ》りを入れれば、若竹との繫《つな》がりはわかるだろう。『現代ジャーナル』の副編集長は何か弱みにつけ込まれて、三橋圭佑を始末しなければならなかったのか。

そうだとしたら、津坂が逸見淳を亡き者にした疑いもある。あるいは、誰かが津坂に濡《ぬれ》布《ぎぬ》を着せようとしているのだろうか。

真崎は短くなった煙草の火を消した。

その数秒後、相棒の野中から電話があった。

「真崎さん、悪徳リフォーム業者の荒垣貴久は異常なほど金銭欲が強くて、冷血漢でした。おれ、従業員たちや行きつけの飲食店の店員たちから話を聞いたんですよ。荒垣は三年間で五人の従業員を事故死に見せかけて殺害し、多額の生命保険金をせしめてたんだと思うね」

「そういう心証を得ただけなんだろう？」

「そうですけど、第三生命だけがまだ荒垣に五千万の保険金を払ってないらしいんですよ。従業員の事故死に納得できない点があったんで、三橋に調査を依頼したんじゃないの？」

「多分、そうなんだろう」

「三橋は、荒垣が従業員を殺《や》って保険金を得ようとした事実を調べ上げたんでしょうね。それだから、三橋は荒垣に心中に見せかけて中毒死させられた。逸見警部は三橋の死の真相を突きとめたんで、荒垣に池袋の裏通りで射殺されちまったんじゃないのかな？」

「そうなんだろうか。野中、おれは三橋の実家を出て間もなく、不審人物に気づいたんだ。そいつは若竹という名の元カメラマンなんだが、『現代ジャーナル』の津坂副編集長に頼まれて捜査の動向を探ってたと白状した」

「どういうことなのかな？」

「詳しいことをこれから話す」

真崎はスマートフォンを握り直した。

4

夜通し睡魔と闘ってきた。

もはや限界なのか。少しでも気を緩《ゆる》めると、瞼が垂れてくる。

真崎は坐り直して、眠気を追い払った。

覆面パトカーの中だ。スカイラインは、若竹敏宏の自宅マンションのそばの路上に駐めてある。前橋を離れる前に真崎は馬場参事官に電話をして、若竹のことを報告した。馬場はただちに緊急配備の指令を出してくれたはずだ。

若竹は群馬県内のガソリンスタンドで、レンタカーのタイヤに空気を入れてもらっただろう。場合によっては、自費でタイヤ交換をしたかもしれない。いずれ東京に戻ると踏んだ。

る。高速道路だけではなく、幹線道路には車輛ナンバー自動読み取り装置が設置されてい通称Nシステムだ。若竹敏宏がNシステムに引っかかることを警戒して、市道だけを使って帰京するとも考えられる。

だが、都内には検問所がある。警視庁の制服警察官およそ五千人は、ポリスフォンを携帯している。Ｐ《ピー》フォンと呼ばれている端末には、若竹の顔写真が送られているだろう。

真崎は若竹のA号照会をして、前科がないことを確かめた。馬場参事官が本庁運転免許本部から提供してもらった若竹の顔写真を送信してくれたはずだ。

若竹は、時間の問題で任意同行を求められるだろうと真崎は楽観していた。だが、念のために若竹の自宅を張り込んでみることにしたわけである。

徹夜の張り込みは徒労に終わった。すでに午前十時近い。若竹は当分、自分の塒《ねぐら》には立ち寄らないつもりなのだろう。

張り込みを打ち切るべきなのかもしれない。真崎はそう思いながら、額《ひたい》に浮いた脂《あぶら》をハンカチで拭った。髭《ひげ》も伸びかけている。

真崎はハンカチをポケットに仕舞《しま》った。ちょうどそのとき、馬場から電話がかかってきた。

「依然として、若竹敏宏は網に引っかからないな。何日か群馬か長野《ながの》に潜伏してから、密かに東京に戻るつもりなのではないだろうか」

「そうかもしれませんね」

「真崎君、いったん自宅に戻って仮眠をとったほうがいいな。わたしも警視庁《ここ》に泊まり込んだんだが、仮眠室で三時間ちょっと横になったんだ。不眠不休じゃ、頭が働かなくなる。そうしたまえ」

「わかりました」

「そう、そう。少し前に一応、津坂等の犯歴をチェックしてみたんだ。逮捕歴はなかったんだが、過去に泥酔して九回も盛り場近くの所轄署に保護されてたよ。酒乱なんだろうね」

「酒場で喧嘩をして説諭《せつゆ》処分を受けたことは？」

「それはなかったね。だが、家族には暴力をふるってたんだろう。津坂は二度離婚して、現在は独り身だ。交際してる女性はいそうだがね」

「若竹が言ってたことは、ほぼ事実なんでしょう？」

「そう判断してもいいだろうな。若竹はひとまず泳がせておいて、『現代ジャーナル』の副編集長をマークしてみてくれないか。津坂に何か弱みがあって、三橋の内部告発の原稿に筆を入れざるを得なかったのかもしれないから」

「津坂が圧力に屈したとしたら……」

「圧力をかけてきた者に三橋の口を塞《ふさ》げと命じられたとも考えられるね。津坂は三橋の事件に関わってたことを逸見淳主任監察官に知られてしまったんで、十一月二日の犯罪《ヤマ》を踏まざるを得なかったとも推測できるな」

「参事官、予断は持たないほうがいいのではありませんか」

「そうだね。きみが報告してきた悪徳リフォーム業者も疑わしいからな。荒垣貴久は身寄りのない従業員に高額の生命保険を掛けて、すでに四人分の保険金を受け取ったようなんだろう？」

「ええ。第三生命は保険金の支払いを保留にして、三橋圭佑に調査を依頼してたらしいんです」

「三年間に五人が事故死したなんて、どう考えても不自然だな。『東光建工』の荒垣社長は保険金殺人を重ねてたんじゃないのか。それをフリー調査員の三橋に知られてしまったんで……」

「六月三日に三橋を心中に見せかけ殺害したと疑えなくはないですよね」

「疑惑は濃いよ。三橋と時任かすみにはダイレクトな接点はなくても、間接的には繋がってたんだろう」

「そうなのかもしれません」

「先月二日の射殺事件の首謀者は荒垣だったとも考えられるな。逸見警部は三橋の死に荒垣が深く関与してることを知ったんで、悪徳リフォーム業者に雇われた殺し屋《プロ》に射殺されたんではないだろうか」

「津坂と荒垣の二人をマークしてみます」

「ああ、そうしてくれないか」

「わかりました。自宅で少し仮眠をとってから、また動きます」

真崎は電話を切って、ギアをD《ドライブ》レンジに入れた。

我が家に帰りついたのは午前十一時二十分ごろだった。息子の翔太は登校して、家にはいなかった。妻の美玲は朝食の用意をしてくれていたが、食欲はなかった。真崎は自分の寝室に直行し、泥のように眠った。

目覚めたのは午後二時半過ぎだった。美玲は気を利かせて、風呂を沸《わ》かしておいてくれた。真崎はゆったりと湯船に浸《つ》かり、頭髪と体を洗った。ついでに、髭も剃る。

妻と雑談を交わしながら、真崎は遅いランチを摂《と》った。ハムエッグとマカロニサラダはいつもの倍の分量だったが、残さずに平らげた。バタートーストも二枚食べ、ヨーグルトも片づけた。

真崎は食後の一服をしてから、身仕度をした。美玲に見送られ、覆面パトカーを発進させる。仮眠をとったせいで、頭はすっきりしていた。

真崎はスカイラインを九段下に向けた。先に現代ジャーナル社に行くことにしたのだ。

数キロ先で、私物のスマートフォンが振動した。発信者は野中だろう。真崎は覆面パトカーを路肩に寄せ、スマートフォンのディスプレイを見た。

やはり、電話をかけてきたのは元刑事のやくざだった。アイコンを滑《すべ》らせる。

「いま、荒垣の会社のそばにいるんだ。真崎さん、新事実を摑みましたよ」

「どんな？」

「従業員のひとりに煙草銭を握らせたら、荒垣の馴染《なじ》みのクラブ、バー、小料理屋なんかを教えてくれました。荒垣は春先から四月中旬まで公認会計士と偽《いつわ》って、赤坂の『セジュール』にちょくちょく通ってたらしい」

「時任かすみが働いてたクラブに足繁《あししげ》く通ってたって⁉」

「そうなんですよ。しかも、かすみが目当てだったという話だったな。三橋とかすみは間接的だけど、接点があったわけです」

「もう少し詳しく話してくれ」

「わかりました。荒垣はかすみに月に二百万の手当を払うから、自分の愛人《レコ》にならないかってストレートに口説《くど》いたようなんだ。そしたら、時任かすみは『ここは場末《ばすえ》のキャバレーじゃないんですよ。成金《なりきん》は遊び方が野暮だから、わたし、嫌いだわ』と言って、席を立っちゃったらしいんです」

「かすみに侮辱《ぶじょく》された荒垣は、腹が立っただろうな」

「むかっ腹を立てて、それっきり『セジュール』にはいかなくなったそうです。でも、荒垣は探偵社に依頼して、かすみの男関係を調べさせたらしいんだ」

「かすみが妻子持ちの男と不倫関係にあったら、弱みにつけ込んで荒垣は彼女姦《や》っちゃう気だったのかもしれないな。けど、不倫なんかしてなかったし、パトロンもいなかった」

「荒垣は小ばかにされたことに改めて腹を立てて、保険金詐欺の疑いを抱《いだ》いてる三橋を消すついでに時任かすみも始末する気になったんじゃない？　で、二人を心中に見せかけて有毒ガスで死なせたんだと筋を読んだ。人事一課監察の逸見淳主任は、そのことを調べ上げたんじゃないのかな。だから、荒垣に雇われた犯罪のプロに射殺されたんでしょう」

「そういう推測もできるな。しかし、おまえに情報を流してくれた従業員の証言の裏付《ウラ》けを取ったわけじゃないんだろ？」

「そうだけどね。相手は保険金殺人を何件も重ねてるかもしれない野郎なんだ。そこまで人権を尊重することはないでしょ？　もどかしいから、二人で荒垣を直《じか》に揺さぶってみませんか」

「強引な違法捜査はまずいな。心証だけで、加害者と思い込むのは危険だ。確たる物証や証言を押さえてから、裁判所に逮捕状を請求すべきだよ」

「真崎さんが言ってることは正論だけど、そんなことしてたら、事件のスピード解決は難しいんじゃないの？　繰り返すけど、荒垣は真っ当な人間じゃありません。少しぐらいなら、反則技を使ってもいい気がするがな」

「野中、ハードなやり方で荒垣を追い込むなよ。そっちは荒垣が逃げないか見張っててくればいいんだ」

「わかりました」

「おれは徹夜で若竹の家を張ってみたんだが、対象者《マルタイ》は塒《ねぐら》に戻ってこなかった。家で仮眠をとって、現代ジャーナル社に向かってるところだったんだ」

真崎は言った。

「そうですか。昨夜《ゆうべ》、電話で若竹って奴《ヤサ》のことを聞いたときは、一連の事件の主犯は津坂かもしれないと思いました。けど、よく考えてみたら、『現代ジャーナル』の副編集長には時任かすみとは間接的な繋がりもなさそうですよね？」

「いまのところは、そう思えるな。しかし、意外な接点があるのかもしれないぞ」

「そうかな。リベラルな総合月刊誌の編集者の基本姿勢は反権力・反権威だろうから、外部の圧力に屈して編集方針を曲げるのは最大の恥でしょ？」

「そうだろうな。だから？」

「津坂が何者かの圧力に負けて三橋の内部告発の文章の表現をソフトに直したことはあっても、その後のキャンペーンを断念したなんてことはないのかもしれないと思いはじめてるんです。酒乱で、激しやすい性格だとしても気骨はあるんじゃないんですか？」

「会ってみて、気骨はありそうな感じだったよ。しかし、酔って取り返しのつかないことをしてしまった可能性もあるだろう」

「アルコールで冷静さを失ったら、判断力は鈍《にぶ》るでしょう。喧嘩相手を殺す気はなかったのに、死なせてしまったなんてことも……」

野中が言葉を濁した。

「ないとは言えないだろうな」

「そうですよね。津坂は酔っ払って誰かに大怪我をさせて、とっさに逃げちゃったのかな。インテリ連中は総じて臆病《おくびょう》だし、脅迫や暴力に弱いでしょ?」

「そういう傾向はあるな。学校秀才タイプの男たちは頭でっかちで、弱っちくて体力もない。子供のころに摑み合いの喧嘩をしたり、殴《なぐ》り合ってもないと思う。そういう奴らは強く凄まれたりすると、反撃できなくなる」

「ガキの時分から取っ組み合いの喧嘩をしてきた野郎は大人になっても、たいがい気弱にはなりませんよね。相手が荒くれ者だとしても、毅然《きぜん》としたままでいられる。やたら怯《おび》えたりしない」

「そうだな」

「逆に進歩的文化人やジャーナリストは反社会の連中に脅迫されると、子供みたいに震え上がるものです。自分の女性問題や身内のスキャンダルを種《ネタ》に強請《ゆす》られたりすると、口止め料として五百万、一千万と払っちまう。著名なキャスターが秘密ＳＭクラブの会員だったことを利権右翼に知られて、二千万を渡したケースもありました。私立総合病院の理事長の倅《せがれ》は大物経済やくざの長女に手をつけて、結婚という形で責任を取らされた。ドラ息子の父親の総合病院は、経済やくざに経営権を乗っ取られ、父子とも単なる雇《やと》われ医師にされてしまったんですよ」

「似たような話は、おれも幾つか知ってる。『現代ジャーナル』の副編集長はそれなりに気骨はあるんだろう。しかし、ブラックがかった奴に弱点を握られたら、ビビってしまいそうだな」

「ビビるでしょうね。だけど、相手にどんなに脅されても、人殺しまではやらないんじゃないのかな」

「おれもそう思ってるんだが、インテリ層はだいたい気が弱いから。無法者どもに凄《すご》まれたら……」

「津坂は怯《おび》え切って、三橋を始末させられたんですかね。本人が実行犯になったとは考えにくいから、第三者に三橋と時任かすみを片づけさせたのかな。それから、そのことを知った逸見淳も誰かに始末させたんでしょうか」

「津坂がそこまで臆病者とは思いたくないんだが、ある程度の社会的地位を得た人間は保身をまず考えるからな」

「そうですね。荒垣のほうがずっと怪しいけど、津坂もシロだとは言い切れないか」

「なんらかの方法で、津坂を揺さぶってみるよ」

真崎は電話を先に切って、覆面パトカーを走らせはじめた。

道路は、まだ渋滞していなかった。車の流れはスムーズだった。目的地までは三十分もかからなかった。

真崎はスカイラインを裏通りに駐め、現代ジャーナル社の前に回り込んだ。きょうも寒い。道行く人々は一様《いちよう》に背を丸めて、急ぎ足で進んでいる。

真崎は物陰に身を隠し、現代ジャーナル社の表玄関に目を注いだ。

十数分後、社名入りの茶封筒を持った三十四、五歳の男が現われた。『現代ジャーナル』の編集者かもしれない。

男は地下鉄九段下駅に向かって足早に歩きだした。真崎は後を追い、駅の少し手前で相手を呼び止めた。

「失礼ですが、『現代ジャーナル』の編集部の方ではありませんか?」

「ええ、そうですが……」

男が立ち止まり、驚いた様子で振り向いた。

真崎は警察手帳を見せ、姓だけを名乗った。

「小杉徹也《こすぎてつや》です。何か?」

「実はですね、二年数カ月前に〝M〟という筆名で警察の裏金疑惑のことを内部告発した三橋圭佑さんの死の真相を調べてるんですよ」

「そうですか。三橋さんは六月の上旬に赤坂のクラブホステスと東銀座で心中したんですよね。副編の津坂を交えて二、三度飲んだことがありましたので、ショックでしたよ」

「所轄署は心中と断定したんですが、他殺の疑いが濃いんですよ。一部のマスコミは報じたかもしれませんが、三橋さんとクラブホステスの時任かすみには接点がありませんでした。一面識もない男女が硫化水素の有毒ガスを吸って死んだなんて不自然です」

「一面識もなかったとしたら、そうですよね。でも、報道によると、バスルームは目張りされてて密室状態だったはずです」

小杉が訝《いぶか》しがった。真崎は密室トリックを看破したことを話し、他殺説の根拠になる点も幾つか挙げた。

「そういうことなら、三橋さんは殺されたんでしょうね」

「だと思います。三橋さんの告発文は断定する箇所が多かったようですが、津坂さんが表現を和らげたというか、推測の形をとったのか。外部の圧力があって、そうしたんですか？」

「別にどこからも圧力なんかありませんでしたよ。社長と編集長の指示で、副編が表現を穏《おだ》やかにしたんです。その後も警察の内部に迫るキャンペーンを張ることになってたんですけど、社長の反対で企画は没にされてしまったんです。裁判沙汰《ざた》になったら、時間と弁護費用がかかりますのでね」

「そうだったのか。話は飛びますけど、元カメラマンの若竹敏宏という男が編集部に出入りしてた時期があります？」

「若竹さんなら、四年半ぐらい前まで『現代ジャーナル』のグラビアや記事中写真を撮ってましたよ。でも、編集予算の削減で若竹さんに撮影を依頼する回数が極端に少なくなってしまったんです。他の通信社や雑誌社の注文も減ったとかで、若竹さんはいろんな団体の機関誌の写真を撮るようになったみたいですよ」

「そうですか」

「だけど、たいしたお金にならないとかで、便利屋みたいな仕事を多くこなすようになったようだな」

「そう。津坂さんと若竹さんは親しくしてたんですか？」

「どっちも左党だから、よく一緒に飲み歩いてましたよ。いつも副編が奢《おご》ってたみたいでしたけど」

「それじゃ、若竹さんは津坂さんに借りがあるわけだな」

「若竹さんは津坂副編に頭が上がらないでしょう。終電がないときは、タクシー代も貰《もら》ってたって話でしたからね。すみません！　これから仕事の打ち合わせがあるんですよ」

小杉が言いにくそうに言った。真崎は謝意を表し、踵《きびす》を返した。

来た道を引き返していると、電話ボックスが目に留《と》まった。真崎は津坂に鎌をかける気になって、ボックスに入った。

丸めたハンカチを口に含み、『現代ジャーナル』の編集部に電話をかける。受話器を取ったのは当の津坂だった。

「おれ、若竹の友達《ダチ》だけどね、あいつ、警察にマークされてるらしいんだ」

真崎は故意に軽い口調で言った。津坂が早口で応じた。

「なんの話をしてるんだ⁉ 若竹君のことはよく知ってるが、彼に危《ヤバ》いことを頼んだ覚えはないぞ」

「空とぼけるなって。若竹はおたくに頼まれて三橋とかいう奴の実家に向かった警視庁のなんとかって刑事を尾行したんだってね。でも、尾けてることに気づかれて、取っ捕まりそうになったみたいだよ。前橋の外れの空き家に隠れてるらしいんだけど、レンタカーが使えなくなったみたいなんだ。だからね、若竹はおたくに車で迎えにきてくれってさ。逃走資金を持って、すぐに若竹を迎えに行ってくれないかな。いま、あいつのいる場所を教える。メモしてくれないか」

真崎は鎌をかけつづけた。

「若竹君に何かを頼んだことなんかない。いたずら電話をしてきたんだったら、警察に逆探知してもらうぞ」

「本当に若竹に頼まれたんだよ」

「いい加減にしろ！」

津坂が言い放って、電話を切った。演技をしている気配は少しもうかがえなかった。津坂はどの事件にも絡んでいないようだ。

真崎は電話ボックスを出ると、私物のスマートフォンで野中に連絡した。ツーコールで、電話は繋《つな》がった。

「野中、津坂等はシロだろう。ただ、圧力にビビっただけなんだと思うよ」

「ちょうど真崎さんに電話しようと思ってたんですよ。捜査本部事件と三橋の死には、荒垣貴久はシロだね。保険金詐欺と五人の従業員を事故に見せかけて殺したことは自白《ウタ》ったけど」

「おまえ、『東光建工』の事務所に乗り込んで荒垣を痛めつけたんだろう？」

「ビンゴ！　金《かね》目当てで五人の従業員を死なせた殺人鬼を野放しにしといたら、もっと犠牲者が出るかもしれないでしょ？」

「そうかもしれないが……」

「おれはもう刑事《デカ》じゃないけど、極悪人は一刻も早く捕まえないとね。市民が安心して寝られないでしょ？　だから、荒垣の顎《あご》の関節を外して、裸絞めで断続的に三回ばかり気絶させてやったんだ。そうしたら、荒垣はおれの質問に素直に答えましたよ」

「おまえって奴は。やくざになっても、刑事《デカ》魂《だましい》の欠片《かけら》は残ってたんだな」

「そうなんですかね」

野中は照れ臭そうだった。

「そうなんだよ。おまえは、まだ堕落《だらく》しきったわけじゃない」

「でも、れっきとした組員ですよ」

「野中は、憎めない無法者だよ」

「そんなことより、早くこっちに来てくださいよ。荒垣を引き渡したら、おれはすぐ消える。そのほうがいいでしょ？」

「そうだな。すぐ『東光建工』に向かう」

真崎は走りだした。スマートフォンを握ったままだった。

# 第四章　絡《から》み合う疑惑

## 1

尾行を開始して三日目の夜である。

真崎は、銀座の並木《なみき》通りに面した飲食店ビルの前で張り込んでいた。十時過ぎだった。

本庁総務部会計課会計監査室次長の堺光一が飲食店ビルの七階にある『流星《りゅうせい》』というクラブに入ったのは、八時二十分ごろだ。昨夜も、堺はソニー通りにある高級クラブで二時間ほど過ごした。連れはいなかった。

警察官の俸給で夜ごと銀座のクラブに通えるわけがない。

堺は何か後ろ暗いことをして、汚れた金を得ていると思われる。警察の組織ぐるみの裏金づくりに目をつぶり、金品を得ているのかもしれない。

そうした不正の証拠を三橋と逸見に知られてしまったのか。そうなら、堺が二人の死に深く関わっている疑いは拭えない。

真崎は誰かに見られている気がした。

さりげなく視線を巡らせる。並木通りの反対側の舗道に立っていた若いポーターが、急に顔を背《そむ》けた。彼に不審がられたらしい。

真崎は十数メートル歩いて、パーリーグレイのエルグランドの運転席に乗り込んだ。

レンタカーである。警察車輛のナンバーの頭には、さ行かな行の平仮名が付いている。無線のアンテナも搭載《とうさい》されているから、覆面パトカーで堺を尾行するわけにはいかない。旧《ふる》いマイカーの車体は赤だ。目立ちすぎる。そんなことで、レンタカーを使うことにしたのだ。

一昨日《おととい》の夜、堺はひとりで『流星』を訪れた。閉店時刻近くに店を出て、銀座六丁目にある鮨屋に入った。お気に入りのホステスとアフターの約束をしたようだ。

真崎は鮨屋の斜め前にレンタカーを駐め、張り込みはじめた。二十数分後、ホステス風の二十六、七歳の女が店に入っていった。

堺がその女と鮨屋から出てきたのは小《こ》一時間後だった。二人はタクシーに乗り、六本木のシティホテルにチェックインした。

堺たちがチェックアウトしたのは午前三時四十分ごろだった。連れの女は、堺に恵比寿《えびす》二丁目にある自宅マンションに送り届けられた。堺はタクシーを降りなかった。

真崎はタクシーが走りだすと、すぐにエルグランドを降りた。女は自宅マンションの集合郵便受けからダイレクトメールを取り出した。開けられたのは、六〇一号室のメールボックスだった。

真崎は女がエレベーターに乗り込んでから、集合郵便受けに駆け寄った。最近は表札を出さない入居者が増えているようだが、六〇一号室のメールボックスには小西《こにし》という名札が掲《かか》げてあった。下の名は記《しる》されていない。

真崎はレンタカーに戻ると、女の姓と住所を端末に打ち込んだ。運転免許証を取得していたことから、造作《ぞうさ》なくフルネームと年齢は判明した。小西真由《まゆ》、二十六歳だった。

真崎はきのうの正午過ぎに野中に電話をして、小西真由に関する情報を集めてくれるよう頼んでおいた。一両日中に何か連絡があるだろう。

真崎は煙草《たばこ》を喫《す》う気になった。セブンスターをパッケージから抓《つま》み出そうとしたとき、馬場参事官から電話があった。

「荒垣貴久が五件の保険金殺人を全面自供したんで、明日、地検に送致することになった。第三生命から保険金はまだ下《お》りてないわけだが、荒垣は総額で二億一千万の保険金を騙《だま》し取ってたんだから、死刑判決が出るだろう」

「同情の余地はありませんね。絞首刑にされるのは当然でしょう。身寄りのない従業員を五人も事故を装《よそお》って殺害したのですから。人間じゃないですよ」

「わたしも、そう思うね。もしかしたら、荒垣が三橋圭佑と逸見主任監察官を第三者に片づけさせたのかもしれないと考えたんだよ。それから、現代ジャーナル社の津坂副編集長もシロだった」

「回り道をさせられました。まだまだ未熟なんでしょう」

「いや、きみの手柄は大きいよ。冷血な保険金殺人犯を追いつめたんだから、大手柄じゃないか。ただ、表向きは真崎君の手柄になってない。そのことでは、天野刑事部長も済まないとおっしゃってた。なんらかの形で、きみの活躍に報《むく》いないとね」

「そのようなお気遣いは無用です。密行捜査に携《たずさ》わっているわけですから、表に出られないのは宿命です」

「しかし……」

「本当にいいんですよ」

「きみは欲がないんだね。ところで、堺光一は何か尻尾《しっぽ》を出したのかな？」

「いいえ、まだです。連夜のように高級クラブに顔を出して、『流星』のホステスの小西真由とは親密な関係ですから、堺が不正な手段で別収入を得てることは間違いないでしょう」

　真崎は言った。

「そうなんだろうね。きみは堺が怪しい会計文書を故意にスルーさせて汚れた金を貰ってるのではないかと言ってたが、そうなんだろうか。堺は三十代のころ、確か公安にいたはずだ。過激派、極右団体、カルト教団なんかの犯罪を見逃してやって、ダーティー・マネーで乱れた私生活を送ってるんではないだろうか」

「どの部署でも、裏金づくりなどされていないとお考えなんですね」

「そう思いたいじゃないか。かつて裏金の件では、さんざん世間から叩かれたんだ。それに懲《こ》りずに同じことをしてたら、警察は暴力団以下だよ」

「その通りですね」

「真崎君、わたしたちの仲間は屑《くず》ばかりなんだろうか」

　馬場の声は硬かった。

「性根《しょうね》が腐った人間はほんの一部なんでしょう。しかし、その連中が権力を握ってたら、下の者は逆《さか》らえません。警察は軍隊並の階級社会ですからね」

「そのことは否定しないが……」

「一般警察官《ノンキャリア》が上司の命令や頼みを断ったら、孤立させられることになります。正義感を貫きたいと思っても、家族を路頭に迷わせるわけにはいきませんでしょう？」

「それはそうだがね」

「安定した生活を維持したいと願ってるうちに、多くのノンキャリアたちは骨抜きにされてしまう。一部の上層部が支配してる巨大組織はどこも腐敗し、やがては崩壊するにちがいありません。税金を詐取するような輩《やから》は片っ端から追放し、犯罪人のレッテルを貼ってやればいいんですよ」

「過激なことを言うね。しかし、きみが言ったことは正しいよ。わたしたちは真剣に襟《えり》を正さなければいけないな」

「そう思います。堺の裏の貌《かお》が透けてきたら、すぐに報告します」

真崎は通話を切り上げた。セブンスターに火を点け、深く喫いつける。

煙草を喫い終えた直後、今度は野中から電話がかかってきた。

「面白いことがわかりました。三橋と一緒にホテルの浴室で死んだ時任かすみは、『セジュール』の前に銀座の『流星』で働いてた」

「つまり、かすみは小西真由とはホステス仲間だったわけか」

「そういうことになりますね。二人は別々の店で働くようになっても、ちょくちょく連絡を取り合って食事をしてたらしい」

「そうなら……」

「真崎さんが推測したのは、こうじゃない？　時任かすみは、小西真由から堺光一が何か危《ヤバ》いことをしてると聞かされて、口止め料をせしめられると考えた。そうなんでしょ？」

「最初は、そういう筋読みだったんだ。しかし、二人の女が共謀したとも考えられるんじゃないのか。野中、どうだろう？」

真崎は、元刑事のやくざに意見を求めた。

「それ、考えられますね。堺は何か悪さをして金回りがよくなったようだけど、会社経営者や開業医ほど裕福じゃない。真由はしつこく口説《くど》かれたんで堺と男女の仲になったんだろうけど、いわゆる愛人手当を貰えなかったんじゃないかな」

「そうなんだろうな。いつまでも堺がリッチでいられるという保証はない。だから、真由は堺の弱みを恐喝材料にして、まとまった口止め料を吐き出させる気になったんじゃないのか」

「そうかもしれないね」

「真由自身が直《じか》に堺を強請《ゆす》ったら、何かと都合が悪い。そこで、真由は仲よくしてた時任かすみに脅迫メールを送らせたんじゃないだろうか。あるいは、電話をかけさせたのかもしれないな」

「堺は脅迫者の正体を突きとめ、自分の弱みを知ってる三橋と一緒に片づけようと企み、心中に見せかけて殺害した。真崎さん、そうだったんじゃないの？　そうだとしたら、堺が逸見淳《や》も殺った疑いがありますね」

「現職警察官なら、S&WのM360Jを入手することも不可能じゃなさそうだ。頭部と頸部を撃つこともできるだろう」

「おれたちの筋読みは、おおむね当たってるんじゃないのかな。真崎さん、堺はクロっぽいですよ。裏金づくりに励《はげ》んでる奴らの不正を見逃してやって、会計監査室次長は多額の銭を貰ってたんだろうな。だから、高級クラブに通ったり、小西真由の体を自由にできるようになったんでしょ？」

「そう疑える節《ふし》はあるな」

「おれ、小西真由に接近してみますよ。相手がＯＬだったら、警戒して逃げるだろうね。でも、水商売の女たちは崩れた男をむやみに怕《こわ》がったりしない。非行少女上《ヤンキー》がりのホステスの中には、やくざに親近感を持ってくる娘《こ》さえいる」

「そうだな。相手に同じ体質を感じるからなんじゃないか。幹部クラスのやくざは、美人ホステスをよく情婦《いろ》にしてる」

「そうですね。小西真由のガードが固くなかったら、恐喝《カツアゲ》の手伝いをしてやってもいいって持ちかけてみるか。真由が時任かすみとつるんで堺を強請《ゆす》ってたんなら、おれの誘いに乗ってくるでしょうからね」

「そうしてくれるか？」

「オーケー、任せてください。なんとか小西真由から有力な手がかりを引き出しますよ」

「野中、どんな手で真由に接近するつもりなんだ？」

「とりあえず、『恵比寿マンション』の前で真由の帰宅を待ってみます」

野中が答えた。

「そういう手もあるけど、そこまではやりませんよ。女に接触して、うまく情報を引き出すつもりなんだ」

「そうだが、非常階段を使ってピッキングでマンション内に忍び込むつもりなのか？」

「真由の部屋は六〇一号室だったね？」

「そうか」

「そうか。怪しまれないようにな。おれは堺を尾《つ》ける」

真崎は言って、スマートフォンのアイコンに触《ふ》れた。スマートフォンを懐《ふところ》に戻し、『流星』のある飲食店ビルに目を向ける。見通しは悪くない。

数人のホステスに見送られた堺が表に出てきたのは十一時数分過ぎだった。真崎は堺が土橋《どばし》方向に歩きだしてから、レンタカーのライトを点《つ》けた。

堺はタクシー乗り場の列に加わった。タクシーを待つ客は数人だった。

ほどなく堺は白っぽいタクシーに乗り込んだ。赤坂あたりで飲み直す気なのか。それとも、まっすぐ自宅に向かうつもりなのだろうか。堺の自宅は大田《おおた》区の大森《おおもり》にある。

マークしたタクシーが走りだした。

真崎は慎重にタクシーを追った。タクシーはソニー通りをたどって、晴海《はるみ》通りを左に折れた。自宅に帰る気なら、第一京浜《けいひん》を行くだろう。

どうやら堺は、どこかに寄る気らしい。タクシーは数十分走り、文京《ぶんきょう》区白山《はくさん》の裏通りに入った。停止したのは古ぼけた雑居ビルの前だった。

真崎は暗がりにレンタカーを入れ、手早くライトを消した。堺はタクシーが走り去ってから、雑居ビルに足を向けた。

真崎は静かにエルグランドから降り、雑居ビルに近づいた。雑居ビルのエントランスホールに入ると思われた堺が、急に建物とコンクリートの万年塀《まんねんべい》の間に足を踏み入れた。そのまま奥に向かっている。

堺は自分がマークされていることに気づき、真崎に何か仕掛けるつもりなのか。背後にあるビルの敷地を通り抜け、一本奥の通りに出る気らしい。

真崎は堺を追わなかった。雑居ビルの五、六軒先に脇道がある。真崎は迂回《うかい》して、裏道に先回りした。

案《あん》の定《じょう》、雑居ビルの真裏の建物の脇から人影が走り出てきた。

真崎は目を凝《こ》らした。予想通り、堺だった。左右を見ている。どちらに逃げるか迷っているのだろう。

「あなたは、総務課会計監査室次長の堺さんですよね？」

真崎は話しかけた。

「人違いだ」

「銀座の並木通りでお見かけしたんですよ。クラブで遊んでらしたようですね。ずいぶん余裕があるんだな」

「人違いだと言ってるじゃないかっ。おたく、何者なんだ？」

「察しはつくでしょ？　あなたと同じ職場の者ですよ」

「わたしは、フリーの経営コンサルタントだ。会社勤めをしてるわけじゃないぞ。目障《めざわ》りだから、消えてくれ」

堺が言うなり、急に左方向に走りだした。

真崎は路面を蹴った。堺が四、五十メートル先の脇道に逃げ込んだ。

十数秒後、脇道から三人の男が飛び出してきた。二人は金属バット、もうひとりは木刀を手にしている。

「おまえら、堺光一に雇われたようだな」

真崎は、男たちを等分《とうぶん》に睨《にら》みつけた。木刀を持った男が一歩踏み出してきた。リーダー格なのだろう。

「誰なんだ、その堺というのは？」

「下手《へた》な芝居はよせ！　おまえらは堺に頼まれて、おれを待ち伏せしてたんだろうがっ」

「おれたちは、この町内の自警団のメンバーだよ。秋口から辻強盗がこの一帯に出没してるんで、見回りしてるんだ。おまえはさっき逃げた男性に刃物を突きつけて、『金を出せ！』と威《おど》したんだろっ。逃げていった彼は、そう言ってたぞ」

「捜査の邪魔をしたら、三人とも公務執行妨害で現行犯逮捕するぞ」

「お、おたく、刑事なのか⁉」

「そうだよ」

真崎は懐から警察手帳を取り出し、街灯に向けた。

「す、すみません。てっきり悪い奴だと思ったんで……」

「この町の自警団のメンバーじゃないことは認めるな？」

「はい」

リーダー格の男が木刀を道端に投げ捨てた。

仲間たちが倣《なら》って、金属バットを足許に落とした。よく見ると、三人とも若くはない。

四十代半ばだろう。

「物騒な物は捨てたから、今回は見逃してやろう。堺光一に尾行者を痛めつけてくれって
頼まれたんだな？」

真崎は、木刀を握っていた男に顔を向けた。

「ええ、そうです。堺さんはゴシップ・ライターと思われる男に尾けられて困ってるんだ
と電話で救《たす》けを求めてきたんですよ。わたしたち三人は、堺さんに借りがあるんです」

「借りがあるって？」

「ええ。わたしたちは大学を中退して、あの『マントラ真理教』の信者になったんです

よ。教祖の教えは矛盾《むじゅん》だらけだったんで、教団を脱《ぬ》けようと思ったんです。しかし、狂信的な信者たちにずっと監視されてて、山梨の施設から脱走するチャンスはありませんでした」

「二十数年前に社会を震撼《しんかん》させた教団の元信者だったのか」

「そうなんです。当時、公安部に所属してた堺さんがわたしたちの脱走に手を貸してくれたんですよ。そういう借りがあるので、堺さんの頼みを断れなかったんです。まさか嘘《うそ》をつかれてたとは……」

「参考までに、そっちの名を聞いておこう」

「わたしは平沼《ひらぬま》、平沼謙次《けんじ》です。仲間の二人は今卓《こんすぐる》と玄葉弘《げんばひろし》という者です。三人とも真っ当な仕事をしてますので、どうか大目に見ていただけないでしょうか。この通りです」

平沼と名乗った男が深く頭を下げた。今と玄葉も腰を折る。

「わかった。その代わり、こっちの質問に答えてくれ」

「は、はい」

「堺の私生活はだいぶ派手になったが、何か不正な手段で副収入を得てるんじゃないのか？」

「プライベートなことは、三人ともよく知りません。本当です。堺さんは五、六年ぶりに今夜わたしに電話をしてきて、ゴシップ・ライターみたいな男の尾行を撒《ま》く手伝いをしてほしいと言って、この場所で待機しててくれないかと……」

「そうか。密《みつ》なつき合いをしてないんなら、私生活のことまでは知らないんだろう。金属バットと木刀を拾って退散してもいいよ」

真崎は平沼たちに背を向け、表通りをめざした。

2

見覚えのあるベンツが路上に駐めてあった。

『スラッシュ』のすぐ前だ。真崎は、レンタカーの黒いセレナをベンツの後方に停めた。文京区白山の裏通りで堺光一に逃げられたのは昨夜だ。

きょうの午前十一時過ぎに野中から連絡があって、午後二時に休業中のショットバーで落ち合うことになったのである。約束の時刻の四分前だった。

真崎はセレナから降り、『スラッシュ』に入った。

野中はカウンターに向かって、葉煙草《シガリロ》を吹かしていた。空調が効き、店内は暖かい。

「電話で大きな収穫があると言ってたが、楽しみだよ」

真崎は言いながら、巨漢やくざの横のスツールに腰を据えた。

「昨夜《ゆうべ》、堺に逃げられたって話だったけど、会計監査室次長の悪事がわかりました」

「もったいぶってないで、摑んだ情報を早く教えてくれ」

「口で報告するよりも、この録音音声を聴《き》いてもらったほうが早いでしょう」

野中がシガリロの火を消し、ムートンのコートのポケットからICレコーダーを取り出した。

「小西真由と野中の遣《や》り取《と》りが録音されてるのか？」

「そう。『恵比寿マンション』の六〇一号室の居間で、こっそり録《と》ったんです」

「どんな手を使って、堺と親しくしてるクラブホステスの自宅に上がり込んだんだ？」

「きのうの晩ね、口の堅い舎弟《しゃてい》を真由の自宅前に呼び寄せて、帰宅した彼女にわいせつ行為をさせたんですよ」

「おまえは子分に芝居をさせたんだ？」

「そう。おれは暗がりに隠れてて、タイミングを計って飛び出したわけです。それで、舎弟を一発殴って追っ払ったんだ」

「小西真由はおまえに礼を言ったんだろうが、知らない男をすぐに自分の部屋には上がらせないと思うが……」

「痴漢野郎は、もう真由の部屋番号を知ってるだろうから、数時間後には忍び込んでくるかもしれないと言ったんですよ。そしたら、真由は怯《おび》えはじめて、おれに用心棒になってくれと言い出した。この体格《ガタイ》だから、頼りになると思ったんでしょうね」

「そうやって部屋にまんまと上がり込んだのか」

「そうです。雑談が途切れると、真由はワインを出してくれた。酒の力を借りて、恐怖から逃れたくなったんだろうな。ハイピッチでグラスを重ねてさ、次第に妖《あや》しい雰囲気になってきたんだ」

「で、おまえは真由を姦《や》っちゃったのか」

「おれは誘惑されたんですよ。レイプしたわけじゃない。真由が近づいてきて、キスをせがんだんで……」

「その流れで、寝室に縺《もつ》れ込んだんだな」

「そう、一緒にシャワーを浴びてからね」

「いい思いをしたじゃないか。で、どうだったんだ？」

真崎はからかい半分に訊いた。

「真由は男の体を識《し》り抜いてたね。性感帯を的確に刺激してくるんで、そそられましたよ」

「そのあたりの話は省略してもかまわない」

「ナニが終わってから、おれたちはまた居間で飲みはじめたんです」

「どっちもタフだな」

「真由がオードブルを用意して居間に戻ってくる直前、こっちはＩＣレコーダーの録音スイッチを入れた。おれ、山本《やまもと》って偽名を使ったんですよ」

野中がICレコーダーをカウンターの上に置き、音声を再生させた。雑音《ノイズ》が短く響いた後、野中と真由の会話が流れてきた。

――山本さんは何か格闘技をやってたんでしょ？

――ああ、昔ね。

――サラリーマンじゃない感じだけど、どんな仕事をしてるの？

――絶対に口外しないと約束してくれたら、おれの稼業を教えてやろう。

――誰にも喋らないから、教えてよ。

――実はおれ、強請《ゆすり》で喰《く》ってるんだ。といっても、金を巻き揚《あ》げてる相手は救いようのない極悪人ばかりだぜ。別に義賊を気取ってるわけじゃないが、まともな人間を困らせてはいない。

――そうなの。

――びっくりしたようだな。

――ええ、少しね。でも、山本さんみたいな魅力的な悪党《ワル》がいてもいいと思うわ。紳士面して悪事を働いてる奴が世の中にはいるじゃない？　そういう人間は誰かがとっちめてやるべきよ。狡《ずる》い生き方をしてる連中は裏で悪いことをやってても、善人ぶったりしてる。悪さがバレそうになったら、コネやお金で犯罪を握り潰《つぶ》してるにちがいないわ。

——そうだろうな。国家を私物化してる大物政治家やエリート官僚は汚職疑惑を持たれないように上手に立ち回ってる。財界人だって汚い手段で銭儲《ぜにもう》けをしたり、大口脱税なんかしてやがる。悪い検事や弁護士もいるな。いまの世の中、まともじゃないよ。地道に働いてる庶民は、報《むく》われることが少ない。だから、おれはまともに働く気がなくなっちゃったんだ。

——ニヒルね。でも、そういうアナーキーな気持ちになっても仕方ないんじゃないかしら。わたしが銀座のクラブで働いてることは、もう話したでしょ?

——ああ、聞いたよ。『流星』って店だったたっけ?

——そう。高級クラブだから、客筋は悪くないの。各界で成功した男性《ひと》が圧倒的に多いんだけど、横柄《おうへい》で性格の悪い奴がほとんどね。権力や財力を掴むと、傲慢《ごうまん》になっちゃうんだろうな。とにかく思い上がってる客が多くて……。

——そいつらは勘違いしてるんだよ。名声や富を得たことで、自分らが人間として格上になったと錯覚しちまうんだろうな。人間の価値はそんなことで決まるわけじゃない。筋の通った生き方をして、他人《ひと》の悲しみや憂《うれ》いに敏感な者が一級の人間なんだ。出世したからって、優《すぐ》れてるわけじゃない。偉くもないんだ。

——山本さん、いいことを言うのね。その通りだと思うわ。思い違いしてる客の中には、わたしたちホステスなんか札束をちらつかせれば、簡単に落とせると思ってる奴がいるの。わたしたちは高級娼婦じゃないわ。ホステスだから、遊びの相手にしてもいいんだと考えてる男には腹が立つわね。軽蔑《けいべつ》もしてる。

──屈辱的な目に遭《あ》ったことがあるようだな。そういう男は懲《こ》らしめてやらなきゃ。おれでよかったら、力になるよ。

──でも、山本さんが捕まったりしたら、気の毒だから。

──きみが快く思ってない相手は警察関係者らしいな。

──そうなのよ。その彼はわたしに本気で惚《ほ》れたから、奥さんと別れて……。

──きみと一緒になると誓ってくれたんだ？

──そうなの。そこまで想《おも》ってくれるのはありがたいと感じたから、親密な関係になったんだけどね。

──いくら待っても、女房と離婚する気配はうかがえなかったわけか。よくあるパターンだが、ひどいな。

──彼は、わたしのことはただの浮気相手と思ってたんでしょうね。でも、わたし、自分から慰謝料というか、迷惑料を請求することはできなかったの。つき合ってるうちに、情《じょう》が移ってたんでしょうね。だけど、単に遊ばれただけだと思うと、やっぱり悔しくて……。

──それは、そうだよな。

——だから、わたしは以前同じクラブで働いてた時任かすみという友達に『離婚する気がないんなら、真由に三千万円の迷惑料を払ってやりなさいよ』と言ってもらったの。

——彼氏は警察関係者だよな。そんなに金は持ってないだろ？　公務員の俸給は高が知れてるからな。

——相手は本庁総務部会計課会計監査室の次長なの。酔った弾みで、自分には別収入があると洩らしたのよ。おそらく架空の捜査費用のチェックを甘くしてやって、詐取金の一部を口止め料として貰ってるんでしょうね。いつも札入れは膨《ふく》らんでるし、金払いもいいの。

——きみは毎月、手当みたいな金を貰ってたの？

——ううん。ここの家賃十八万ちょっとを肩代わりしてもらって、たまにバッグや靴をいただいてただけ。愛人扱いされてたわけじゃないんで、そのうち彼は離婚して、わたしと再婚してくれると思ってたんだけど。

——彼氏は怪しい会計文書に目をつぶって、詐欺をやってた人間から口止め料を貰ってただけなのかな。ほかにも何か不正をして、副収入を得てたんじゃないか。

——昔、公安部にいたって話だったから、どこかに潜伏してる思想犯の居所を突きとめて、口止め料をせびってるのかしら。怪しげなカルト教団の犯罪を恐喝材料にしてるのかな。

——そういう疑いは薄々、感じ取ってたんだ？

——ええ。

——そのことを友達の時任かすみに話したことはある？

——あるわ。あっ、もしかしたら……。

——どうした？

——かすみは六月三日、『東銀座グレースホテル』の一五〇四号室の浴室で元警察職員の三橋圭佑という男性《ひと》と心中しちゃったの。でも、二人にはまったく面識がなかったはずよ。わたしの交際相手が、かすみたち二人を心中に見せかけて殺害したと考えられるんじゃないのかな。かすみは同い年だったけど、姐御肌《あねごはだ》なんで、わたしに同情して彼の弱みをちらつかせたのかもしれないわね。そう考えれば、知らない者同士がバスルームで死んでたのは心中ではなく……。

——他殺の疑いがあるな。捜査がずさんだったんだろう。

——かすみはわたしの味方になってくれたことで、命を落としてしまったのかもしれないのね。彼女にもう返せない大きな借りをこしらえてしまった。どうしたら、いいんでしょう？

——落ち着けよ。ソファから立ち上がって歩き回っても、仕方ないじゃないか。

——でも、落ち着いてなんかいられない。多分、かすみは彼に奥さんと離婚しないと、悪いことをして汚れたお金を得てることをマスコミに教えると言ったんでしょう。彼女、気が強かったの。友達思いでもあったんで、強硬に出たんだと思うわ。

――そうだったのかもしれないな。

――なんとか友達の仇《かたき》を討ってやりたいけど、警察に駆け込んでも彼は身内だから……。

――うやむやにされるだろうな。警察は、昔から身内を庇《かば》う体質だから。

――わたし、どうすればいいのかな。山本さん、何かいい考えはない？

――おれが、きみの友達の仇を討ってやろう。それから、交際相手から迷惑料をたっぷり取ってやるよ。

――迷惑料なんかどうでもいいの。山本さん、力になって。

――わかった。つき合ってる奴の名前を教えてくれないか。

――堺、堺光一というの。四十八なんだけど、若造りなんで四十歳ぐらいに見えるわ。

――そう。名前は憶《おぼ》えた。ついでに、スマホのナンバーを教えてくれよ。

――いま、メモするわ。

――わかった。

――彼の自宅は大田区の大森にあるんだけど、町名や番地まではわからないの。

――その気になれば、住所は調べられるよ。

――そうでしょうね。この時刻に電話で彼をどこかに誘《おび》き出すことはできないけど、朝になったら……。

――堺って奴をどこかに誘き出すのは早いな。その前に、きみの交際相手がどんな悪さをしてるのか調べ上げよう。先方の弱みをまず摑まないと、時任かすみという友達を心中に見せかけて殺したんじゃないかと詰め寄っても、シラを切られるだろう。

――ええ、そうでしょうね。堺の追いつめ方は、あなたに任せるわ。

――堺光一は、警察職員だった三橋圭佑って男をなぜ始末しなきゃならなかったのか。おそらく、その彼に何か不正の事実を知られてしまったんだろうな。だから、きみの友達と一緒に心中に見せかけて片づけたんじゃないのか。

――多分、そうなんでしょうね。

――堺から、元警察職員のことを聞いたことは？

――一度もないわ。かすみと一緒にホテルのバスルームで亡くなった男性《ひと》のことは報道で、かつて警視庁の職員だったことを知ったの。依願退職をしてからはフリーの調査員をしてたと報じられてたわ。三橋という彼は何らかの理由で、堺の悪事を調べてたんじゃない？

――そうなのかもしれないな。三橋は堺光一の犯罪を暴《あば》く気だったんじゃないのか。だから、きみの友達と一緒に殺されてしまった。そう考えてもよさそうだな。

――彼が、堺がかすみたち二人を殺害したと認めたら、半殺しにしちゃって。それから、口止め料をたくさん出させた後、東京地検かマスコミに犯行のことを教えてやってちょうだい。そうすれば、警察も事件を揉み消すことはできなくなるでしょ？

――そうだな。堺が裏金の一部を口止め料として受け取ってたんなら、その金を脅《おど》し取ることはできない。

――どうして？

――警視庁は国費と都税で都民の治安を守ってる。そういう血税を掠《かす》めるのは抵抗があるな。

――変な言い方になるけど、山本さんは善良な無頼漢なのね。

――ただの悪党だよ。堺光一が何か危《ヤバ》いことをしてる民間人にたかってたら、その分をそっくり吐き出させる気でいるんだから。こっちの身許がわからないようにして銭を横奪《ど》りしてから、堺の悪事を新聞社かテレビ局の報道部に密告《チク》ってやろう。

――ええ、そうして。

――急に堺から遠ざかったら、きみがおれとつるんでると怪しまれるかもしれないな。

――あっ、そうね。

――普段通りに接してくれないか。けど、体を求められたら、もっともらしい口実をつけて拒《こば》んだほうがいいんじゃないかな。堺は、きみの友達を殺したかもしれないんだからさ。

――もちろん、そうするわ。かすみが堺に殺害された疑いがあると思い当たったとたん、未練は嘘みたいになくなっちゃった。

――仮に堺光一の再婚相手に選ばれても、きみは幸せにはなれなかっただろう。警察官でありながら、汚れた金で高級クラブで飲んでるような男はいずれ逮捕されることになるからな。

――そうでしょうね。山本さん、もう帰らなくちゃ駄目？

――独身だから、急いで塒《ねぐら》に戻る必要はない。

――それなら、もう一度抱いてほしいの。わたし、あなたを好きになっちゃったかもしれない。すごく俠気《おとこぎ》があって、ベッドテクニックもあるから……。

――せっかくのお誘いだから、きみの柔肌に顔を埋《うず》めさせてもらうか。

音声が熄《や》んだ。

野中がにやけた顔で、ＩＣレコーダーの停止ボタンを押し込む。

「おまえも好きだな」

真崎は言った。

「彼女、感じやすい体なんです。構造もいいんで、つい頑張《がんば》っちゃったんですよ。そんなことより、堺光一はやっぱり臭いな。三橋圭佑は職員のころから堺が不正会計文書を見逃してやってることに気づいて、退職後も堺の私生活を探《さぐ》ってたんじゃないですか」

「そうなんだろうか。小西真由が喋ってた通りだとしたら、本庁《うち》の会計監査室次長は汚れた金の一部を貰ってるだけじゃなく、後ろめたいことをやってる民間人にも金をせびってるようだな」

「それは間違いないでしょう。真由のマンションの家賃を払ってやって、時々、バッグや靴をプレゼントしてるって話だったからね。さらに高級クラブ何軒かに通ってるんだから、汚ない金を得てるにちがいないですよ」

「だろうな。堺は時任かすみや三橋圭佑に悪事を暴かれたら、破滅だと焦《あせ》ったんだろうか。だから、二人を心中したように見せかけて有毒ガスで死なせたのかな」

「そう筋を読んでもいいと思います。真崎さん、堺をリレー尾行してみませんか。そのうち何かボロを出しそうな気がするんだ」

野中が言った。

「そうするだけの価値はありそうだな」

「大いにありますよ。堺は三橋と時任かすみの口を封じただけじゃなく、逸見淳も射殺した疑いもあるんじゃない？」

「疑えないこともないな。堺光一に張りつくことを馬場参事官に伝えておこう」

　真崎は懐に手を入れ、刑事用携帯電話《ポリスモード》を摑んだ。通話が終わったとき、野中がムートンのコートのポケットから、見馴《みな》れない旧型携帯電話を取り出した。

「その携帯は？」

「他人名義で買ってもらったプリペイド式の携帯です。堺をちょいと揺さぶってみるよ。かまわないでしょ？」

「ああ」

　真崎は短い返事をした。野中がメモを見ながら、アイコンを操作する。

　電話が繫がったようだ。野中が口を開く。

「あんた、悪党《ワル》だな。会計文書のチェックを甘くして、裏金をせっせとプールしてる奴らから〝お目こぼし料〟を貰ってるなっ。その金で高級クラブに通ってるんだろうが？」

「………」

　当然ながら、堺の声は聴こえない。

「てめえ、ばっくれるんじゃねえ。ぶっ殺すぞ」

「………」

「ああ、堅気《かたぎ》じゃない。けど、組の名は言えねえな。おれは個人的にシノギをするつもりなんだよ。てめえは裏金の一部を貰ってるだけじゃねえよな？」

「………」

「いつまでも空とぼけてやがると、本当に殺《や》っちまうぜ。おれは短気なんだ。てめえは恐《カッ》喝《アゲ》もやってる」

「…………」

「フカシじゃねえよ。なんなら、てめえの悪事の証拠をマスコミに教えてやってもいいんだぜ」

「…………」

「てめえは腐り切った大悪党だ。人事一課監察の逸見淳主任監察官を先月の上旬、池袋の裏通りで射殺しちまったんだからな。その前に元警察職員の三橋圭佑も心中に見せかけて始末してる。三橋と一緒に殺されたのは時任かすみだ。赤坂の『セジュール』のホステスをやってた女だよな」

「…………」

「なんの話かわからないって？　ふざけた野郎だ。上等じゃねえか。てめえから口止め料をせしめるつもりだったが、気が変わったよ。てめえを刑務所《アカオチ》送りにしてやる！」

「…………」

「アカオチも知らねえのか。刑務所《ムショ》に入ることだよ。おれたちの世界の隠語だったんだが、最近は警察《マッポ》もアカオチを使うようになってる。てめえ、警察官《サッカン》だろうが！」

「…………」

「どこかで二人っきりで会わねえかって？　てめえ、おれまで殺《や》る気になりやがったな。そうはいかねえぞ」

「…………」

「そう遠くねえうちに、てめえは逮捕《パク》られる。それまで何かうまいもんを喰って、好きな女を抱くんだな」

野中が言い放って、電話を切った。

「ずいぶんストレートな揺さぶり方をしたな。堺はシラを切りつづけたんだろ？」

「ええ。でも、うろたえてる様子でしたよ。堺は何か手を打つ気になるんじゃないかな。そんな気がします」

「本庁舎の通用口の近くに張り込んで、堺をリレー尾行しよう」

真崎はスツールから腰を浮かせた。

3

夕闇が濃くなった。

午後五時を回っている。風が強い。

真崎はレンタカーの運転席から、本庁舎の通用口に視線を注いでいた。

長髪のウィッグを被り、変装用の黒縁の眼鏡をかけている。だいぶ印象が変わったはずだ。捜査対象者の堺光一には、まず気づかれないだろう。

レンタカーのセレナの後方の路肩には、ベンツが寄せられている。運転席の野中は茶色いボルサリーノを被っていた。

本庁舎の地下車庫から灰色のレクサスが走り出てきたのは十数分後だった。

真崎はドライバーを見た。堺だった。同乗者はいない。真崎は少し間《ま》を置いてから、レンタカーを走らせはじめた。ミラーを仰《あお》ぐ。ベンツも発進した。

堺の車は都心を抜けると、京葉《けいよう》道路に入った。真崎たちは前後になりながら、慎重にレクサスを追尾《ついび》しつづけた。

レクサスは宮野木《みやのぎ》JCT《ジャンクション》から、東関東自動車道に乗り入れた。佐倉《さくら》IC、富里《とみさと》ICを通過し、成田《なりた》方面に向かっている。

堺はどこに行く気なのか。見当がつかない。

レクサスは香取《かとり》市を抜け、潮来《いたこ》ICで一般道に下りた。茨城《いばらき》県だ。水戸《みと》神栖《かみす》線を北上し、行方《なめがた》市に達した。

同市は、霞《かすみ》ヶ浦西浦《うらにしうら》の東側に位置している。やがて、堺の車は左折し、西浦方面に進んだ。

二、三キロ先で、レクサスは合宿所のような大きな建物の敷地の中に入っていった。真崎はセレナを少し離れた場所に停めた。その後方にベンツが停止する。

真崎は相棒の野中に電話をかけた。ワンコールで、通話可能状態になった。

「ちょっと偵察に行ってくる。おまえは、車の中で待機しててくれ」

「了解！　堺は通《かよ》い馴《な》れてるような足取りでしたね。まさか合宿所みたいな建物の中で、合成麻薬が密造されてるんじゃないだろうな。それとも銃器の密造をやってるのか」

「堺は組対部《そたいぶ》に所属したことはないはずだ。どっちでもないだろう」

「何かあったら、すぐに声をかけてください」

野中が言った。真崎は通話を切り上げ、レンタカーを降りた。

寒風が頰を刺す。真崎は背を丸めて、合宿所を想《おも》わせる建物に近づいた。

門柱には、『幸せの雫《しずく》教団本部』という表札が掲《かか》げられている。カルト教団だ。教祖の高殿哲弥《たかどのてつや》は五十四歳で、だいぶ昔に社会を騒がせた『マントラ真理教』の元信者だった。

敷地の中を覗《のぞ》き込んでいると、防犯システムの警報音がけたたましく鳴り渡った。真崎は急いでセレナに駆け戻り、レンタカーを脇道に入れた。

野中が状況を察し、すぐにベンツを動かした。二台の車は脇道の暗がりに入った。

真崎は手早くライトを消し、エンジンも切った。野中が同じようにしてから、セレナの助手席に巨体を沈めた。サスペンションが軋《きし》み音を発した。

「あの合宿所みたいな建物はなんだったんです？」

「『幸せの雫《しずく》教団本部』という看板が出てたよ」

「そのカルト教団の教祖は『マントラ真理教』の元幹部信者で、高殿って奴だったな。信者たちは幻覚剤を服《の》まされて巧みにマインドコントロールされて、教祖のロボットになってるみたいですよ。若くて美しい女性信者は高殿のセックスペットにされてるらしい。そんな記事が何度か週刊誌に載ってましたよ」

「それは、おれも知ってる。堺は以前、公安部にいた。『幸せの雫』の教祖と接点があっても不思議じゃないな」

「堺は『幸せの雫』が単なる邪淫《じやいん》教団だという証拠を揃《そろ》えて、高殿からちょくちょく口止め料を貰ってたんじゃないのかな。高殿は信者が金や不動産を所有してる限り、幸福にはなれないと説《と》いて全財産を教団に寄附させてるようだから、堺の要求には応じるでしょう？　堺は金を受け取りに来たんだと思うな」

「そうなのか」

「おれ、入信希望者の振りをしてインチキ教団に潜り込みますよ。それで、高殿を締め上げてみる。そうすりゃ、堺が三橋や逸見に怪しまれてたかどうかわかるでしょ？」

「高殿は、そのあたりのことは知らないんじゃないか」

「そうだとしても、高殿が堺に強請《ゆす》られて口止め料を払ってきたことを認めれば、会計監査室次長を追い込むことはできるんじゃないかな。教祖が空とぼけたら、いかがわしいことをされた女性信者たちの証言を集めますよ」

「高殿に心を支配されてる信者たちが性的な被害を受けたなんて認めるわけない」

「あっ、そうか。すっかり高殿にコントロールされた信者は、逆に慈《いつく》しまれたことに感謝してると言いそうだな」

「だと思うよ。怪しげな教団に潜り込んでも、たいして得るものはないだろう。レクサスが出てきたら、リレー尾行を続行しようや」

「そのほうがよさそうですね」

「車をUターンさせて、レクサスが出てくるのを待とう」

真崎は言った。

元刑事のやくざがセレナから出て、ベンツに戻る。真崎は先にレンタカーの車首を変え、広い道路のすぐ手前の路肩に寄った。野中もベンツをUターンさせ、セレナの後ろにつけた。

レクサスが目の前を通過したのは、およそ三十分後だった。

真崎は、ふたたび堺の車を追尾しはじめた。レクサスは来たルートを逆に走って、都内に戻った。真崎たち二人はリレーしながら、レクサスを尾行した。

堺が車を停めたのは、港区虎《とら》ノ門《もん》四丁目にある五階建ての雑居ビルの駐車場だった。真崎は堺が雑居ビルに入ると、セレナから出た。雑居ビルに走る。

足を止めたとき、堺がエレベーターの函《ケージ》に乗り込んだ。真崎はアプローチの横に移動し、エレベーターホールに目をやった。すでにケージの扉は閉まっていた。真崎は階数表示盤を見た。ランプは最上階で静止した。

真崎は入居者プレートに視線を向けた。

五階には、『桜田《さくらだ》警友会』のプレートしかない。同会は警察ＯＢの親睦団体で、会長は滝沢昌之《たきざわまさゆき》だ。六十四歳で、定年まで本庁警務部第一課の次長を務めていた。『桜田警友会』の事務局長も兼務しているはずだ。

五年前、あるフリージャーナリストが衝撃的な暴露記事を某月刊誌に発表したことがあった。警務部第一課が機動隊員の出張費を大幅に水増しして年間数億円の裏金を数年にわたって詐取していた疑いがあるという内容だった。

警察関係者は一様《いちよう》に驚いた。真崎も、そのひとりだ。

問題の月刊総合誌『真実の眼』は、左翼系出版社から発行されていた。発行部数は五千部に満たなかった。

ショッキングな告発記事が載ってから、七、八カ月後になぜか『真実の眼』は休刊になった。寄稿したフリージャーナリストは、その四カ月前に怪死している。泳ぎは達者だったはずなのに、伊豆《いず》の弓《ゆみ》ヶ浜《はま》の沖合百数十メートルで溺《おぼ》れ死んでしまった。

一部のマスコミが、そのフリージャーナリストは警察関係者に水死させられたのではないかと臆測した。その真偽はわからないが、遊泳中のフリージャーナリストを溺死させることは可能だろう。

エアボンベを背負った者が狙った相手に組みついて海底に引きずり込めば、目的は果たせる。『真実の眼』が休刊になったことも、不自然に思えるではないか。

警察の首脳部は裏金の件を隠すため、左翼系出版社に強い圧力をかけたのかもしれない。その前に、告発記事を書いたフリージャーナリストを永久に眠らせたのか。

そんなふうには考えたくないが、裏金づくりが根絶されたかどうかは不明だ。先輩刑事の中には、各部署に密かにプールされた金は納入業者や警察ＯＢたちに預けられていることが多いと告白した者もいた。それも複数人だった。根も葉もない噂と片づけられないのではないか。

「真崎さん、堺は何階に上がったの？」

野中が蟹股《がにまた》で近寄ってきて、小声で問いかけてきた。

「五階の『桜田警友会』の事務局を訪ねたようだ。最上階には、ほかにテナントがないようだからな」

「堺は疑わしい会計文書をノーチェックで通してただけじゃなく、裏金の運び屋もやってたのかもしれないな。それで謝礼を貰ってたんで、高級クラブに通えるようになったんじゃないの？　その疑いはあると思います」

「おまえも現職のころ、警察の裏金が各種の分析機器や信号機を製造してる民間会社に預けられてるって話を聞いたことがあるよな」

「ええ。それから、警察OB会やパチンコ業者なんかに預かってもらってるようだとも聞いたことがありますよ。でも、先輩たちの話がすべてデマだとは思わないけど、それぞれの部署に裏金を隠しつづけるなんてことはできないでしょ？」

「そうだろうな。銀行に預けるには、口座を作る必要がある。個人や納入業者の口座を借りるにも無理があるだろう」

「そうですね。裏金の多くは現金で秘密の場所に隠されてるんじゃないかな。やくざマネーも同じなんだ。上納金は組織の本部に何年も置かれてるわけではありません。神戸の最大組織の本部には、いつも三十億ぐらいの現金《ゲンナマ》があるみたいだけどね」

「多くの組織は、やくざマネーを企業舎弟《フロント》や総長宅に分散して保管してるんだろ？」

真崎は訊いた。

「どの組も、そうしてると思います。麻薬《クスリ》で儲けた金はすぐにマネーロンダリングされてるけど、上納金なんかは分散されてる。やくざマネーは投資顧問会社経由で、多くのベンチャー企業に流れてるんですよ」

「そのことは知ってる。しかし、追分組は財テクに励《はげ》むほど潤《うるお》ってないんだろう？」

「そうですね。組長《オヤジ》は末端の組員が内縁の女房たちのヒモみたいな暮らしをしてることを申し訳ないと思ってる。だから、大幹部の中には覚醒剤《シャブ》を売ろうなんて言いだす者もいるんですよ」

「そうか」

「真崎さん、五階に上がってみましょうよ」

野中が提案した。

「そうするか。〝コンクリート・マイク〟を『桜田警友会』のドアに当てれば、堺の用件がわかるかもしれないからな」

「いまの『桜田警友会』の会長兼事務局長は、確か警務部第一課の次長だった滝沢昌之だ。滝沢は叩き上げだが、警察官僚たちに取り入って次長のポストに就《つ》けたんでしょう」

「野中、五年前に『真実の眼』に載った告発記事のことを憶えてるか？」

「ええ、憶えてますよ。警務部第一課が機動隊員たちの架空出張費で予算を遣い切ったことにして年に数億円を浮かせて、数年で多額の裏金を捻《ひね》り出してた疑いがあるって記事でしょ？」

「そうだ。川瀬拓二《かわせたくじ》とかいうフリージャーナリストは告発して四カ月後に伊豆の海で水死し、『真実の眼』も休刊になった」

「そのフリージャーナリストは、警察関係者に消されたんじゃないのかな」

「おまえも、そういう疑いを抱いてたか」

「川瀬という男は泳ぎが達者だったと報じられてたから、その疑いは濃いですよね。泳いでるときに片方の脚《あし》が攣《つ》ったとしても、溺れ死んだりはしないでしょ？」

「だろうな。遊泳中に心不全に見舞われたということじゃなかったから。エアボンベを使って潜水してた奴がフリージャーナリストに組みつき、海の底に引きずり込んだと推測したんだが、どう思う？」

「そうなんでしょうね。特に外傷はなかったはずだから、川瀬って男は警察に関わりのある者に水死させられたんだろうな」

「筋読みは、おれと同じだな。『真実の眼』が急に休刊になったのは、警察関係者が先方の弱みをちらつかせて、裏取引を迫ったのかもしれないぞ」

「それ、考えられますね。ということは、川瀬の告発内容はそれなりの根拠があったんだろうな」

「掲載されてた内容がすべて事実だとは言い切れないが、警務部第一課が数年にわたって故意に予算を余らせてプールしてたことは間違いないんだろう」

「逸見淳は人事一課監察に属してたけど、同じ警務部の人間だったわけです。第一課の裏金のことを『真実の眼』で知って、慎重に内偵をつづけてたんじゃないのかな。三橋圭佑から裏金づくりは根絶してないと知らされていたんで、粘りに粘ったんでしょう」

「そうなのかもしれないな。そして、ついに裏金のからくりと隠し場所を突きとめたんじゃないだろうか」

　真崎は自分の推測を語った。

「大筋はその通りなんじゃないですか。そんなことで、三橋と逸見は抹殺されてしまったんでしょう。時任かすみは、とばっちりを受けて若死にしてしまったんだろうね。三人を殺《や》ったのは堺光一なんじゃないですか」

「そう疑えるが、結論を急ぐのはやめよう。からくりは案外、もっと複雑に入り組んでるかもしれないんでな」

「真崎さんは、堺を操ってる黒幕がいるんではないかと考えてるわけ？」

「そうなのかもしれないし、堺の単独犯行だったのか判然としないんだ」

「そう。とにかく、五階に上がってみましょう」

　野中が急《せ》かす。真崎は同意した。

　二人は雑居ビルに足を踏み入れ、エレベーターに乗り込んだ。

　五階に達した。函《ケージ》の扉が左右に開く。真崎はエレベーターホールに先に降りたが、すぐに退《さ》がった。

「堺が『桜田警友会』から出てきたんですね」

　背後で、野中が小声で言った。

「そうじゃないんだ。防犯カメラが二台も設置されてる。迂闊《うかつ》には近づけない」

「なら、一階に戻ったほうがいいと思うな」

「そうしよう」

真崎はケージの中に入った。野中が素早くドアを閉めた。一階に下《くだ》る。

二人は雑居ビルを出ると、それぞれの車に乗り込んだ。

堺が表に出てきたのは一時間数十分後だった。滝沢と話し込んでいたのか。そうではなく、別の警察OBと談笑していたのだろうか。

堺がレクサスに乗り込み、雑居ビルから離れた。

真崎たちコンビは、またレクサスを追走しはじめた。堺の車は桜田通りを走り、札《ふだ》の辻《つじ》交差点から第一京浜に入った。品川《しながわ》方面に向かい、そのまま大森の自宅まで進んだ。

ごくありふれた二階家で、敷地は五十坪そこそこだろう。狭いガレージに収めたレクサスが妙に大きく見える。

堺は自分でドアのロックを解《と》き、家の中に消えた。真崎たちは尾行を切り上げ、おのおのの塒《ねぐら》に向かった。

## 4

気が重かった。

といって、報告しないわけにはいかない。真崎は天野と馬場の顔を見ながら、前日の捜査結果をつぶさに伝えた。刑事部長室だ。午前十一時過ぎだった。

刑事部長と参事官は黙って真崎の報告を聞いていたが、次第に顔つきが暗くなった。憮然《ぶぜん》としているようにも見受けられる。先に口を開いたのは天野刑事部長だった。

「まだ不心得者が不正な手段で裏金を捻出《ねんしゅつ》してたのか。嘆《なげ》かわしいね。恥ずかしくもある。な、参事官？」

「おっしゃる通りですね。元職員の三橋圭佑は、警務部第一課が数年にわたって億単位の裏金を捻り出してたことに気づいてたんでしょうか」

「そうなのかもしれないな。五年前に川瀬拓二というフリージャーナリストがそのことを『真実の眼』に書いた。告発記事が掲載された四カ月後、川瀬という告発者は伊豆の海で水死してる。真崎君が推測したように、溺死させられた疑いがあるな」

「まだ推測の域は出ませんが、そう思ってもいいでしょう」

真崎は天野に言った。

「三橋圭佑だけではなく、逸見淳も真崎君と同じように筋を読んだんだろう。そして、警務部第一課の不心得者を突きとめる気になったのかもしれないね」

「調べを進めると、まず総務部会計課会計監査室の堺光一次長が不正会計文書を意図的《いとてき》にチェックしていないことがわかったんではないですか。そして、どちらも堺次長をマークしていたと考えられます。その裏付《ウラ》けは、まだ取れていませんが……」

「堺は行方市の外れにある『幸せの雫』の教団本部を訪ねた後《あと》、次に虎ノ門の『桜田警友会』の事務局に寄ったんだったね？」

「ええ、そうです」

「会長兼事務局長の滝沢昌之は、定年まで警務部第一課の次長のポストに就いてた。そのころ、すでに警務部第一課の裏金は『桜田警友会』に預けられてたのかもしれないな。わたしが若い時分、一部の者が捜査費を水増しして、裏金づくりに精を出してるという噂が流れてた。そうした金の大半は、警察ＯＢが関係している警備会社、運輸会社、遊技産業、親睦会などに保管されてるらしいと聞いてたんだ」

「そうですか」

「しかし、裏金の件で警察は社会的な信用を失ってしまった。だから、もう不心得者は出ないだろうと思ってたんだが……」

「わたしも同じです」

馬場が天野に同調した。

「参事官、堺光一は怪しいだろうか」

「私生活が乱れているという報告ですので、会計文書のチェックを甘くしてやって、裏金の一部を貰っていたのかもしれません。それだけに留《とど》まらず、裏金の運び屋をやっていた疑いもあります」

「そうだね。かつて公安部に籍を置いてた堺は『幸せの雫』の教団本部に出向いたということだったから、教祖の高殿から小遣いをせしめてたのかもしれないな」

「あのカルト教団は、公安部の内偵対象団体に入ってました。堺が捜査情報を高殿に流してた可能性もあると思います」

「その謝礼を高級クラブに落として、お気に入りのホステスに入れ揚《あ》げてたんだろうか。そこまで堕落したら、警察官の資格はない。犯罪者そのものだ」

「ええ、そうですね」

「人事一課監察は、ずっと堺をノーマークだったんだろうか。そのあたりのことを新高首席監察官に訊いてみてくれないか？」

天野が、かたわらの馬場に顔を向けた。馬場参事官が深々としたソファから立ち上がり、刑事部長室から出ていった。

「会計業務に携わっていた元職員の三橋が心中に見せかけて殺されたことは、ほぼ間違いないだろう。そして、先月二日には逸見主任監察官も射殺された。凶器は、一部の捜査員に配られたS&W社製のM360Jだった」

「ええ、通称SAKURA《サクラ》でしたね。S&W社に返品された欠陥拳銃の一挺だった可能性もゼロではありません」

「そうだね。一連の事件の首謀者は、内部の者なのかもしれないな。馬場参事官は別の見方をしてるようだが……」

「参事官は、どう筋を読んでるんでしょう？」

「外部の者が内部の犯行に見せかけてるのではないかと推測してるんだ」

「そうですか。それも考えられますね」

「馬場参事官は、ニュータイプの犯罪組織が警察の裏金を狙ってるのではないかと……」

「どんな連中が考えられます？」

「半グレ集団か不良外国人グループが何らかの方法で警察の裏金の隠し場所を嗅ぎつけて、裏金強奪計画を練ってるのではないかと推測してるようだな。それを逸見主任監察官に覚《さと》られてしまったんで……」

「逸見警部が射殺されたのは先月の二日でした。しかし、元職員の三橋圭佑は半年も前に心中に見せかけて殺されたかもしれないんです」

「そうだね。二つの事件はリンクしてると思ってたが、そうではないのかもしれないな。三橋は警察内部の者に口を封じられたんだろう。裏金づくりをしてた人間を追いつめたんで、命を奪われたんじゃないのかね。しかし、逸見警部は……」

「裏金強奪を企《たくら》んでる新しい形の犯罪グループに射殺されたんでしょうか」

「そう考えれば、二つの事件に半年の隔《へだ》りがあることも納得できるんじゃないのかな」

「そうだったのでしょうか」

「きみは、二つの事件は繋がってると考えてるようだな？」

「ええ、そう睨んでいます。三橋圭佑と逸見淳はともに正義感が強く、接点があったことも判明してます」

「そうだね」

「二人が警察関係者の犯罪を調べてたことは間違いないでしょう。三橋の仕事の調査対象者の中に怪しい奴がいたことはいましたが……」

「三年間で五人も従業員を事故に見せかけて殺害して、二億円以上の生命保険金を詐取《さしゅ》した荒垣貴久のことだな？」

　天野刑事部長が確かめた。

「はい、そうです。荒垣はシロでした」

「そうだったな。となると、やはり堺が気になってくるじゃないか。わたしは、堺を操《あやつ》ってる黒幕がいるような気がしてるんだ」

「現警務部第一課長の水谷稔《みずたにみのる》さんは真面目な方ですよね」

「水谷は高潔《こうけつ》な男だ。予算を操作して裏金づくりをするような人間じゃないよ。警務部第一課が毎年数億円ずつ裏金を数年にわたって捻り出してたことが事実なら、主犯格は『桜田警友会』の滝沢会長兼事務局長っぽいな。ＯＢの悪口は慎むべきなんだろうが、滝沢昌之はキャリアや準キャリアに取り入ってたくせに、陰口をきいてたんだよ」

「そうなんですか」

「裏表のある人間は油断がならない。現職のころ、上司に隠れて部下たちに架空の捜査協力費の伝票をたくさん用意させてたんではないだろうか。滝沢は堺に鼻薬をきかせて、会計文書に検印を捺《お》させてたのかもしれないぞ」

「ずぶずぶの関係になってから、堺は数カ所に分散してあった警務部第一課の隠し金を滝沢に頼まれて、『桜田警友会』に少しずつ運び入れてたんでしょうか？」

「昨夜《ゆうべ》、堺は手ぶらで『桜田警友会』に入っていったのか？」

「ええ、何も持っていませんでした」

「それなら、きのうの夜は謝礼を貰いに行ったんじゃないだろうか。そうではなく、次の裏金の移動の件で打ち合わせがあったのかもしれないな」

「どちらとも考えられますね。ところで、滝沢は退職後、年金だけで暮らしているんでしょうか」

「詳しいことは知らないが、知人が経営してるタクシー会社の非常勤役員をやってるそうだよ。ふだんは虎ノ門の『桜田警友会』の事務局に詰めてるようだ」

「そうですか」

「堺と滝沢の二人に少し張りついてみてくれないか」

「わかりました」

「どちらかを捜査本部《チョウバ》の者にマークさせようか？」

「手が回らなくなったら、いつもの助っ人に協力してもらうことにします」

「助っ人の元刑事は、この先もずっと筋者《すじもの》でいるつもりなのか？　昔気質《かたぎ》の博徒一家はシノギが年々きつくなるだろうから、早いとこ足を洗ったほうがいいと思うがね。きみの麻布署時代の部下はどう考えてるんだろう？」

「追分組が解散に追い込まれたら、野中は探偵社でも設立する気でいるみたいですよ」

「そう。巨体だから、IT起業家たちのボディーガードになる手もあるがね」

「野中にそう言っておきましょう」

真崎は口を閉じた。

その直後、馬場参事官が刑事部長室に戻ってきた。

「ご苦労さん！　掛けてくれないか」

天野が参事官を犒《ねぎら》って、横のソファを手で示した。馬場が軽く頭を下げ、刑事部長の隣に坐る。

「新高首席監察官が警務部第一課を裏金の件で監察した事実はないとのことでした」

「そうなの」

「ただ、逸見警部の机の引き出しには、川瀬拓二が『真実の眼』に寄稿した記事のスクラップが入ってたそうです。そのことは、機捜には伝えたらしいんですよ。しかし、その案件は捜査の対象にはならなかったようだと……」

「機捜に手抜かりがあったんだろうか」

「わたしもそう思ったんで、初動班の班長にも会ってきました。初動捜査の段階で、逸見警部が警務部第一課のメンバーをマークしてる様子はなかったとわかったらしいんですよ」

「第一課の連中が口裏を合わせて、そう言ったという疑いはないと思うね。その前に、五年前の課員はもう誰も残ってないだろう。その当時に所属してたメンバーに確認を取らなければ、意味ない」

「そうですね。捜査本部の担当管理官にそうするよう指示しておきます」

「そうしてくれないか。逸見淳のデスクの引き出しにそういう切り抜きがあったんなら、裏金疑惑の件を密かに調べてたんだろうな」

「そうなんでしょうか」

「監察対象者は誰も警戒してて、ボロを出さなかったんじゃないのかね。それで、逸見警部は裏付《ウラ》けを取るのに数年かかってしまったのかもしれない」

「刑事部長、そんなに長い年月を要するでしょうか。逸見主任監察官は優秀だったんです。警務部第一課の中に不心得者がいたかどうか、一、二カ月で調べ上げられるんではありませんかね？」

「逸見は担当の職務をこなしながら、個人的に警務部第一課で五年ほど前に裏金づくりがされてたかどうかを調べてたにちがいない。それだから、予想外にかかってしまったんだろう」

「そうなんでしょうか」

「その当時、新高首席監察官は捜二《そうに》の知能犯係の係長だったんじゃなかったかな？」

「ええ、そうでした。そのころの首席監察官だった支倉雅夫《はぜくらまさお》は一年五、六カ月前に病死しました。末期の肺癌《がん》で手術はできなかったそうです」

「そうだったのか。『真実の眼』に川瀬拓二の告発記事が載ったころの監察のメンバー全員に、警務部長あたりから何らかの圧力がかかったりしなかったかも管理官にチェックするよう伝えてほしいんだ」

「承知しました」

「真崎君は堺光一と滝沢昌之の両方の動きを探ってくれ、さっき指示した通りにな」

「了解です。もうよろしいでしょうか？」

「ああ、引き取ってもらっても結構だよ。わざわざ来てもらって悪かったね」

天野が笑顔で言った。真崎は頬を緩《ゆる》め、ソファから立ち上がった。

刑事部長室を出て、エレベーターホールに足を向ける。ケージを待っていると、懐で私物のスマートフォンが振動した。

息子の翔太が学校で怪我でもしたのか。真崎は急いでスマートフォンを摑み出した。ディスプレイを覗く。発信者は妻ではない。野中だった。

真崎は人目につかない場所に駆け込んでから、スマートフォンを耳に当てた。

「裏社会のネットワークで、有力な手がかりを摑んでくれたのか？」

「そうじゃないんです。真崎さんの許可は得なかったんだけど、おれ、いま例の教団本部に潜入中なんだ。教祖の教えに学ぶことが多かったんで、ぜひ体験修行させてくれって応対に現われた古株らしい信者に頼み込んだわけです。そしたら、道場みたいな広い所に案内されたんだ」

「勝手なことをやりやがって」

「事後承諾《じごしょうだく》はまずいか。独断で動くのは今回だけにしますんで、勘弁してください」

「わかった。で、どんな修行をさせられたんだ？」

「古代服みたいなローブに着替えさせられて、高殿の録音音声をエンドレスで聴《き》かされてました。神道《しんとう》と仏教をミックスしたような教えで、なんか薄っぺらだったな。高殿は言い方を変えながら、金や名誉を棄《す》てれば、何人《なにびと》も幸福になれると繰り返してた。体験修行者はおれだけで、古株らしい信者がずっとそばにいた。おれは小便したくなったと嘘ついて、修行場みたいな所から抜け出したんですよ」

「合宿所のような建物の中には、どのくらいの数の人間がいた？」

「一階と二階に信者たちの寝室があって、四十人以上の男女がいました。二十代の女の数が圧倒的に多くて、高殿の居室は二重扉になってたな。おそらく教祖は洗脳した女性信者の大半と寝て、ハーレムみたいな気分を味わってるんだろう。くそっ！」

「野中、羨《うらや》ましがってる場合じゃないぞ。信者から、高殿と堺の繋がりをうまく聞き出してくれ。それで、怪しまれる前にさりげなく教団本部から出るんだ。いいな？」

「ええ、そうします」

野中が言った。そのとき、複数の荒々しい足音が電話の向こうから伝わってきた。

「おたくら、なんだよ。血相変えて、どうしたんだ？」

「公安刑事には見えないが、行動が怪しい。あんた、瞑想室《めいそうしつ》を早々に抜け出して、教団本部のあちこちを調べ回ってたな。目立たない所に監視カメラが設置されてるんだ。おたくの姿はモニターに映ってたよ。教祖がおたくを連れて来いとおっしゃってる。一緒に来てもらうぞ」

中年男性の野太い声がして、急に野中のスマートフォンが切られた。どうやら男の信者たちに包囲されて、元刑事のやくざは身動きできなくなったようだ。

野中は喧嘩馴《な》れしている。堅気の男たちに躍《おど》りかかられても、竦《すく》んだりはしないだろう。だが、刃物か銃口を突きつけられたら、暴れることはできなくなる。ほうっておくわけにはいかない。

真崎は急いでエレベーターで地下三階に下《くだ》った。スカイラインの横にレンタカーのセレナを駐めてある。真崎は一瞬だけ迷って、スカイラインの運転席に入った。

本庁舎を出て間もなく、サイレンを鳴らした。屋根《ルーフ》の赤色灯を明滅させながら、前走車をごぼう抜きにしていく。

『幸せの雫』の教団本部に到着したのは一時間数十分後だった。

真崎はスカイラインを車寄せに乗りつけた。覆面パトカーを降りると、空手着をまとった三十二、三歳の男がポーチに走り出てきた。なんと裸足《はだし》だった。スポーツ刈りで、筋肉質の体軀《たいく》だった。

「そっちは高殿の番犬らしいな」

「教祖を呼び捨てにするなっ。おまえ、何者なんだ?」

「赤色灯が見えないのか。おれは警視庁の者だよ。図体のでかい潜入捜査官を生け捕りにしたな?」

「なんの話をしてるんだ?」

「時間稼ぎをしても無駄だよ」

真崎は薄く笑って、ショルダーホルスターからベレッタ92FSを引き抜いた。スライドを引き、初弾を薬室《チャンバー》に送り込む。

「おまえ、偽刑事だな。お巡りはニューナンブM60か、S&W37エアウエイトを支給されてる」

「勉強不足だな。それは昔のことだ。いまは制服警官にS&W《スミスウエッソン》のM360J、刑事にはシグP230Jが貸与されてる。ついでに教えてやろう。特殊班の者は先に発砲することを許されてるんだよ」

「そんなことが認められてるわけないっ」

「おれが嘘ついてないことは、すぐにわかるだろう。どっちの腿《もも》を先に撃ってほしい？」

「や、やめろ！」

相手が右手を前に突き出し、後ずさった。顔が恐怖で歪《ゆが》んでいる。

「体験修行してたおれの相棒はどこにいる？」

「二階だよ。教祖のお部屋に監禁してる」

「高殿の部屋に案内しろ」

真崎は引き金に人差し指を深く絡めた。空手着をまとった男が体を反転させ、案内に立った。

真崎は土足で上がり込んだ。玄関ホールには、四人の男が立っていた。いずれも二、三十代だろう。四人は竹刀《しない》や六尺棒を手にしているが、誰も挑《いど》みかかってこない。

「小田切《おだぎり》さん、ピストルを握ってるのは誰なんです？」

四人のひとりが、空手着姿の男に訊いた。

「刑事らしいんだ。教祖のお部屋に閉じ込めてある大男は相棒だってさ。おまえら、おとなしくしてないと、撃たれるぞ」

「マジですか⁉」

「みんな、自分の部屋に引っ込んでろ」

小田切と呼ばれた男が四人に言った。

四人は顔を見合わせ、左手の廊下を走りだした。小田切が階段を上がりはじめる。真崎は後《あと》に従った。小田切が足を止めたのは、二階の最も奥の部屋だった。

「教祖、小田切です。大事なご報告がありますので、開けていただけないでしょうか」

小田切が重厚なドアをノックして、大声で告げた。

ややあって、男の低い声で応答があった。高殿だろう。待つほどもなく、二つの扉の内錠が外された。

真崎は小田切の背を強く押した。小田切がたたらを踏んで、教祖の居室に入った。すかさず真崎も入室する。

「小田切、後ろにいるのは誰なんだ？」

「教祖、抵抗は絶対にしないでください。後ろにいるのは刑事ですんで」

「それじゃ、ロッキングチェアにロープで縛りつけてるのも……」

「潜入捜査官のようです」

「なんだって⁉」

作務衣《さむえ》姿の高殿が天井を仰《あお》いだ。

真崎は部屋の奥を見た。二十畳ほどの広さの洋室だ。右手にダブルベッドが置かれ、素っ裸らしい二十二、三歳の女が羽毛蒲団《うもうぶとん》から顔だけを出している。

中央のあたりにソファセットが置かれ、その横にロッキングチェアに括《くく》りつけられた野中がいた。口許は粘着テープで塞《ふさ》がれている。野中はきまり悪げだった。

「おれの相棒のロープをすぐにほどけ！」

真崎は小田切に命じ、ベレッタ92FSの銃口を高殿哲弥の心臓部に向けた。

「堺光一が昨夜《ゆうべ》、ここに来たことはわかってる。あの男に邪淫教団だってことを知られて、たびたび口止め料を毟《むし》られてたんじゃないのか。それとも、堺に隠し金を預かってくれと頼まれてたのか？」

「それは……」

「一度死んでみるか。え？」

「う、撃たないでくれ！　まだ死にたくない」

高殿が泣き言を口にし、床に頽《くずお》れた。

そのすぐ後、小田切が野中の口許のガムテープを剝《は》がした。すでに縛《いまし》めは解かれている。野中が小田切を横に転がし、高殿の腰を蹴りつけた。高殿が前にのめって、長く呻いた。

「おれ、失敗踏《ドジ》んじゃったね。カッコ悪いなあ。それはそうと、堺は高殿が金持ちの娘たちを洗脳して、その親たちから多額の寄附を受けてる事実を押さえ、毎月のように遊ぶ金をせびってました。寝具の中にいるのは、有名宝飾店の二代目社長のひとり娘なんですよ」

「そうなのか」

「すっかり高殿に支配されてるんで、おれがいるのに痴態《ちたい》を平気で見せたよ。早くマインドコントロールを解いてやらなきゃね」

「そうだな。強欲な高殿には重い刑が下されるだろう」

真崎は靴で高殿の頭を強く踏みつけた。

# 第五章　戦慄《せんりつ》の真相

1

ベッドの女が急に半身を起こした。

寝具で胸の谷間を隠しているが、やはり一糸もまとっていない。

「何か言いたいことがあるようだな」

真崎は女に話しかけた。

「はい。高殿先生は何も悪いことなどしてません。わたしたち迷える信者の魂《たましい》を救ってくれたんです」

「きみはマインドコントロールされてるんだ。きみらは高殿に心を操られ、すっかり支配されてしまったんだろう」

「いいえ、そうではありません。先生は、わたしたち愚《おろ》かな者を正しく導《みちび》いてくれたのです。悪人なんかではありません。聖なる指導者ですよ」

「聖なる指導者が若い女性信者を次々にベッドに引きずり込んだりするかっ。早く目を覚ませ！」

「わたしたち女性信者はみな、先生の血を引く子を宿《やど》したいと願っているんです。ですので、誰も喜んで先生に……」

「抱かれてるわけか？」

「その通りです」

「高殿は信者たちを巧妙に騙《だま》して金品を吸い上げ、きみらの親に多額の寄附を強《し》いてるにちがいない。おかしいと思わないのかっ」

「先生の教えは少しも間違っていません。社会的地位やお金にしがみついていたら、人間は必ず不幸になります。ええ、そうなんですよ」

「きみと話していても、時間の無駄だ。何かまとうんだ。ずっと裸のままだと、風邪ひくぞ」

「わかりました」

相手がベッドから出て、後ろ向きで古代服に似た衣服を素肌に羽織《はお》った。

「そっちの服はどこにあるんだ？」

真崎は野中に訊いた。

「階下《した》の瞑想室《めいそう》のロッカーにあるはずです」

「そうか。この娘《こ》と一緒に一階に降りて、信者たちを瞑想室に集めといてくれないか」

「了解！」

野中が高殿のベッドパートナーを連れて、教祖の部屋から出ていった。真崎はロッキングチェアに腰かけた。

高殿は床に這《は》ったままだった。

「あんたを茨城県警に引き渡す前に確かめたいことがある」

「ちょっといいか。おたくらと取引したいんだ。現金で二人に五千万円渡すから、引き揚《あ》げてくれないか」

「警察をなめるんじゃないっ」

「七千万、いや、八千万円出してもいいよ。それで、手を打ってくれないか」

「ふざけるな！」

真崎は椅子から立ち上がり、片方の膝《ひざ》で高殿の腰を押さえつけた。そうしながら、自動拳銃の銃口を高殿の後頭部に密着させる。

「う、撃つ気なのか⁉」

「おれを侮辱《ぶじょく》しつづけると、暴発したことにしてシュートするぞ」

「わ、わたしが悪かった。死んだら、何もできなくなる」

「金や女を自由にできない人生なんか、面白くもおかしくもないか？」

「そうだな」

「強欲《ごうよく》な俗物め！　あんたは薄汚いペテン師だ」

「………」

「肯定の沈黙か。それはそうと、堺には信者を騙して個人資産を吐き出させた上に、親からも多額の寄附を強要してる事実を種《ネタ》に小遣いをせびられてただけなのか？」

「それは……」

「答えになってないっ」

「そうだよ」

「堺から預かった物は？」

「な、何を言ってるんだ？」

「札束か、複数の他人名義の預金通帳を預かってるんじゃないのかっ」

「どっちも預かってないよ。堺は何か危《ヤバ》いことをやってるようだな。それを教えてくれないか。あの男の弱みがわかれば、もう金を無心されなくなるだろうからな」

高殿が言った。

真崎は無言で高殿を引き起こし、ベレッタ92FSの銃口を腰のあたりに押し当てた。

「あんたも階下《した》の瞑想室に行くんだ」

「わたしは、四十三人の信者を監禁したわけじゃない。誰もが自分の意志で入信して、教団本部に住み込んでるんだ。在宅の信者が三千数百人もいる。『幸せの雫』は、真っ当な宗教団体だよ」

「茨城県警は幻覚剤や淫らなＤＶＤを見つけ出すだろう。あんたは女性信者の恥ずかしい映像を親たちに観《み》せて、数百万から数千万円の寄附をさせてたんだろうが！　図星だよな？」

「信者の血縁者は、わたしの教えに共鳴して進んで教団に寄附してくれたんだ」

「実は、おれの同僚の潜入刑事が情事の映像データを押収してるんだよ」

「えっ、そうなのか。まいったな」

高殿がぼやいた。はったりを真《ま》に受けたらしい。

真崎はほくそ笑《え》んで、高殿の背を押した。観念したらしく、高殿は素直に歩きだした。

真崎は高殿を一階の瞑想室に押し込んだ。

信者の男女が集められている。野中は自分の服に着替えていた。真崎は信者たちをじっくりと見た。

やはり、若い女性が多い。男性信者の中に見覚えのある三人がいた。平沼、今、玄葉の三人だ。『マントラ真理教』の元信者で、文京区白山で堺光一を逃がした男たちである。

真崎は平沼たち三人を呼び寄せた。三人とも困惑顔だった。

「高殿の教団にいたのか。教祖の指示で、おれの尾行を撒《ま》く手伝いをしたわけか」

「そうです。嘘をついて悪かった」

平沼が詫《わ》びた。

真崎は、少し前に高殿に質問した事柄を平沼たち三人に確かめた。高殿の供述と同じだった。堺は高殿から口止め料をせしめていただけで、警察の裏金を『幸せの雫』に預けてはいないようだ。真崎は平沼たち三人を信者の群れの中に戻し、野中を手招きした。

野中が足早に近づいてくる。

「組のベンツはどこに駐《と》めてあるんだ？」

「この建物の裏手です。もう高殿を地元の警察に引き渡して、信者たちを保護してもらうの？」

「ああ、そうするつもりだ。おまえはベンツの中で待っててくれないか。茨城県警の連中に経過を話したら、裏通りに行くよ」

真崎は野中の肩を軽く叩いた。野中が瞑想室から出ていく。

真崎は高殿と四十三人の信者を床にしゃがませてから、茨城県警に通報した。レスポンスタイムは七、八分だった。所轄署員、県警機動捜査隊の面々が教団本部にやってきた。

真崎は刑事であることを明かして、高殿に恐喝の容疑があることを伝えた。事情聴取を終えたのは、およそ三十分後だった。

真崎は専用の覆面パトカーに乗り込むと、すぐにポリスモードで馬場参事官に経過を伝えた。

「教祖の高殿は堺に強請《ゆす》られてたことを認めたんだな？」

「ええ」

「それなら、まず人事一課監察に堺光一に探りを入れさせ、捜査本部で取り調べをしてもらおう。堺は観念して、警務部第一課の不正会計文書をスルーさせてたことを白状するかもしれないからな。それだけではなく、裏金の隠し場所についても喋《しゃべ》りそうだ」

「参事官、堺は恐喝の件は認めても裏金に関することは空とぼけると思います」

「そうなんだろうか」

「警務部第一課が五年ほど前、年に数億円ずつ数年にわたって裏金を捻出《ねんしゅつ》してたことが事実なら、事は堺ひとりでは済みません」

「それはそうだね。不心得者が何人も検挙されることになるな。いや、十人以上の逮捕者が出そうだ」

「多分、そうなるでしょう。裏金の証拠を握ったと思われる三橋と逸見主任監察官が口を封じられたとなれば、堺は完全黙秘するでしょうね」

「そうだろうな。もう少し堺を泳がせておいたほうが得策か」

「ええ、そうすべきだと思います」

「わかった。そうしよう。堺は『桜田警友会』の事務局に出入りしてるわけだから、裏金はOBの滝沢会長が預かってるんだろうか。いけない、いけない！　確たる証拠があるわけでもないのに、そこまで言ってはまずいな」

「そうなんですが、滝沢昌之は気になる人物ですよね。現職時代は偉いさんたちに気に入られるように立ち回って、そこそこの出世をしたOBですので」

「警察OBの親睦団体は幾つかあるが、『桜田警友会』の五百数十人の会員の大半が滝沢会長と同じように上層部の忠犬と陰口をたたかれるような仕《つか》え方をしてたらしいからね」

「世話になった偉いさんに裏金を預かってくれないかと頼まれたら、ノーとは言えないんではありませんか？」

「だろうね。それはそれとして、首席監察官の新高君のことなんだが……」

馬場が言い澱《よど》んだ。

「新高首席監察官がどうかしたんですか？」

「彼は真面目な熱血漢だから、まさかとは思うんだが、少し気になってることがあるんだよ」

「どんなことなんです？」

「新高首席監察官は、逸見君の机の引き出しの中にフリージャーナリストの川瀬拓二が書いた告発記事のスクラップが入ってたことを教えてくれただろう？」

「ええ」

「そのことを明かした時期が少し遅い気がするんだよ。部下の主任監察官が先月二日に射殺されたら、職務が殉職を招いたと考えそうじゃないか」

「ま、そうでしょうね」

「首席監察官は、もっと早い時期に逸見警部の机の中をチェックしてそうだよな。真崎君、そうは思わないか？」

「新高首席監察官は、亡くなった部下の机の中を引っかき回すことにためらいがあったんでしょう。いずれ引き出しの中の物は片づけなければいけないわけですが、私物も入ってたでしょうから」

「それで、亡くなったばかりの部下の机の中を漁《あさ》ることは遠慮したんだろうか」

「そうなのかもしれませんよ。いずれ新高首席監察官は逸見さんの奥さんに立ち会ってもらって、故人が使用してた机の引き出しの中身を検《あらた》めるつもりだったんでしょう。多分、納骨が済んでから……」

「新高警視正は紳士だから、未亡人に何も言わないで故人の机の中身をチェックするのは失礼だと考えたのかな」

「参事官、新高さんに何か疑わしい点があるんですか？　もっとストレートに言えば、首席監察官が逸見さんの事件に関わってそうだと思われてるんでしょうか」

「そこまで疑ったわけじゃないんだ。例のスクラップのことを教えてくれた時期が少し遅い気がしただけで……」

「そうですか」

「われわれは何でも疑ってみるのが仕事だが、仲間まで怪しんではいけないね。真崎君、わたしが話したことは忘れてくれないか」

「そうしましょう」

真崎は電話を切った。馬場参事官が新高首席監察官に疑いの目を向けたことが解《げ》せなかった。

新高は、馬場に人柄と仕事を高く評価されていた。真崎自身も新高には好印象を抱いている。裏表がなく、信用できる人物だった。

しかし、客観的な見方をすれば、新高が裏金疑惑の告発記事のスクラップを見つけた時期が確かに遅い気がする。納骨が終わってから、首席監察官は逸見淳の机の中を検《しら》べる気だったのだろうか。

殺人捜査係の刑事なら、早い時期に被害者の遺品をことごとくチェックするだろう。事件の解決に結びつく手がかりを得られることが少なくないからだ。

だが、新高は殺人捜査を手がけてきたわけではない。そこまで気が回らなかっただけなのだろう。真崎はそう考えながらも、なにか釈然としなかった。

馬場参事官が怪しんだように、新高には警務部第一課の過去の裏金疑惑を隠蔽《いんぺい》しなければならない理由があったのだろうか。首席監察官自身が何か疚《やま》しいことをしたとは考えにくい。

家族か身内の誰かが犯罪に手を染めてしまったことを裏金づくりに関わった者に知られて、摘発するなと威《おど》されていたのだろうか。妻の病的な万引き癖《ぐせ》のことを暴力団関係者に知られ、服役中の組長に煙草《たばこ》をこっそり渡してしまった刑務官がいた。

また児童買春した交通課の巡査長が、少女売春クラブ経営者に車の当て逃げ事件の揉《も》み消しをさせられたケースもある。新高自身は高潔な硬骨漢《こうこつかん》だが、身内の頼みは黙殺できないのではないか。

意地の悪い見方はよくない。慎《つつし》むべきだろう。

真崎は自分に言い聞かせて、スカイラインを走らせはじめた。『幸せの雫』の教団本部を出て、車を裏通りに回す。

追分組のベンツは造作《ぞうさ》なく見つかった。真崎はベンツの真後ろに覆面パトカーを停止させ、すぐ運転席から出た。裏通りには、人っ子ひとりいなかった。

真崎はベンツの助手席に入って、言葉を発した。

「高殿の身柄《ガラ》は茨城県警に引き渡した。四十三人の信者たちは保護され、今夜にもそれぞれの親許や家族の許に送り届けられるだろう」

「マインドコントロールされてるから、多くの信者は親の家から教団本部に戻っちゃいそうですね」

野中が言った。

「そうかもしれないな。しかし、高殿は留置場から拘置所を経《へ》て、そのうち服役することになるだろう。教祖がいない教団本部からは、少しずつ信者は消えると思うよ」

「ええ、そうなるでしょう。早く高殿に心を操られてたことに気づいて、それぞれが自分の生き方を確立してほしいよね。やくざが上から目線で偉そうなことは言えないけど」

「そうしてほしいな」

「真崎さん、おれは桜田門に行って堺光一に張りつきます。対象者《マルタイ》は、おれのことをよく知らないからね。尾行も張り込みも、真崎さんよりはしやすいでしょ？　真崎さんは警察OBの滝沢昌之の動きを探ればいいんじゃないの？」

「『桜田警友会』の外には何台も防犯カメラが設置されてたから、事務局に誰もいなくなっても侵入できない」

「そうですね。事務局に警察の裏金が保管されてるかどうか確認するのは難しいだろうな。けど、裏金は別の場所に隠されてるのかもしれませんよ。滝沢にぴたりとくっついてれば……」

「野中、まだ裏金が『桜田警友会』に保管されてるかどうかわからないんだ」

「そうでしたね。早合点しちゃったな」

「東京に戻って、また堺をマークしよう。会計監査室次長が高殿を強請《ゆす》ってたことは判明したんだ。そのことを切札にすれば、堺が裏金隠しに加担してたかどうか吐かせることはできるだろう」

「ええ、多分ね」

「そういう段取りでいこう」

真崎はベンツを降り、スカイラインに走り寄った。

2

警視庁本庁舎の地下車庫のスロープから車が出てきた。レクサスだった。ステアリングを捌《さば》いているのは堺だ。

真崎は覆面パトカーのダッシュボードの時計を見た。午後六時七分過ぎだった。真崎はスカイラインを発進させなかった。

後方のベンツが堺の車を尾行しはじめる。

真崎は、野中が運転するベンツの後に従った。レクサスは十分ほど走り、虎ノ門の雑居ビルの専用駐車場に入った。

堺は五階の『桜田警友会』を訪ねるつもりなのだろう。会長兼事務局長の滝沢にどのような用事があるのか。

真崎たちコンビは、どちらも車から降りなかった。堺が最上階に上がることを確認したかったが、車外に出たら、マークしていることを覚《さと》られてしまう恐れもあった。

堺が雑居ビルから出てきたのは十数分後だった。

何があったのか、不機嫌そうに見えた。滝沢と何かで利害が対立してしまったのかもしれない。

レクサスが専用駐車場から走り出てきた。

また野中が先に車を発進させた。堺はどこに行くつもりなのか。見当もつかない。真崎はベンツの後ろを走りつづけた。

堺の目的地は、意外にも港区台場《だいば》にあるレジャー施設だった。レクサスは駐車場に置かれた。真崎たちも駐車場に車を駐《と》め、堺を追った。

堺は入場すると、急ぎ足で観覧車乗り場に直行した。そこには、なんと人事一課監察の新高首席監察官がいた。

二人は短い言葉を交わすと、同じゴンドラに乗り込んだ。カップルや親子連れが観覧車に乗り込むことが多い。大人の男同士がゴンドラに乗ることは珍しいのではないか。

「あの二人、まさかバイセクシュアルじゃないでしょうね？」

野中がかたわらで言った。

「いや、二刀流なんかじゃないだろう。何か第三者に聞かれたくない話をするんだと思うよ」

「おかしな組み合わせだが、暗いからそれほど人目につかないと思ったのかな」

「そうなんだろう。どっちも同性には興味がないとなると……」

「どういうことが考えられます？」

「おれは新高さんを少しも疑ってなかったんだが、参事官が予想外のことを言ったんだよ」

真崎は、馬場参事官が口にしたことを教えた。

「新高さんは硬骨漢そのものって感じだから、裏金を捻出してた奴らを見逃すなんてことはないと思うがな」

「おれも、そう考えてる」

「虎ノ門の雑居ビルから出てきたとき、なんか堺は面白くなさそうな面《つら》してましたよね？」

「そうだったな」

「堺は滝沢に何かと協力してやってるんだから、もう少し謝礼がほしいとでも言ったんじゃないのかな？　でも、その要求は聞き入れられなかった」

「それで、堺光一は『桜田警友会』が警察の裏金を預かってる疑いがあると密告する気になった。野中はそう推測したんだな？」

「そう。真崎さん、どうでしょう？」

「堺は、架空の捜査費の件に目をつぶってたかもしれないんだ。そんな密告をしたら、自分もまずいことになるじゃないか」

「あっ、そうですね。堺はどんな目的で、新高と会ったのかな」

野中が唸《うな》った。

真崎は曖昧《あいまい》にうなずき、堺と新高が乗り込んだゴンドラを見上げた。だいぶ高い位置まで上がっていた。

やがて、観覧車は一周し終えた。ゴンドラから出た二人は、右と左に別れた。新高は、レジャー施設の奥に向かった。

「そっちは新高首席監察官を尾《つ》けてくれないか」

真崎は野中に言った。

野中が黙ってうなずき、新高を追った。真崎は堺の動きを見守った。堺はレジャー施設の出口に足を向け、ほどなくレクサスに乗り込んだ。

真崎はスカイラインに駆け寄った。

レクサスは走りだして間もなく、急にスピードを上げた。強引な追い越しを繰り返し、何度もホーンを鳴らされた。それでも、堺はいっこうに車の速度を落とさない。

どうやら覆面パトカーに追尾されていることに気づいたようだ。尾行を諦《あきら》めたほうが賢明かもしれないが、真崎は追跡しつづけた。

レクサスは港区と中央《ちゆうおう》区を走り回り、やがて江東《こうとう》区に入った。堺は罠《わな》を仕掛ける気になったのか。

真崎は追走しつづけた。

レクサスが夢《ゆめ》の島《しま》公園の横で急停止した。ごみを埋め立てて造った人工島にある広大な公園だ。野球場や総合体育館などを備《そな》えた総合スポーツ公園である。

堺がレクサスから降り、夢の島公園に走り入った。

真崎はレクサスの十数メートル後ろにスカイラインを置き、園内に駆け込んだ。堺は野球場のある方向に走っている。人影はまったく見当たらない。

真崎は全速力で追った。前髪が逆立《さかだ》つ。夜気《やき》は尖《とが》っていた。吐く息は真っ白だ。

堺は野球場を回り込むと、遊歩道の奥の繁みに隠れた。真崎は堺を見失った振りをして、数十メートル先まで進んだ。そして、抜き足で繁みに入った。

真崎はすぐに堺のいる場所に足音を殺しながら、ゆっくりと近づいた。暗がりを透《す》かしてみると、堺は灌木《かんぼく》の中に隠れていた。

「なぜ逃げるんです？」

真崎は背後から堺に声をかけた。堺が立ち上がって振り向く。

「きみは真崎君だったね？」

「そうです。十一月二日の夜に池袋の裏通りで射殺された逸見淳さんの事件を個人的に調べてるんですよ。逸見さんの生き方に憧《あこが》れてたもんですから、じっとしていられなくなったんです」

「そうなのか」

「警察関係者が逸見さんの口を封じたんですか？　警視庁職員だった三橋圭佑を心中に見せかけて有毒ガスで死なせたのも、身内の犯行の疑いがあります」

「そんな質問をされても、わたしには答えようがないよ。その二人の名前と顔は知ってたが、個人的なつき合いがあったわけじゃないんでね」

「それはそうでしょうが、逸見警部はあなたをマークしてたんではありませんか？」

「わたしがマークされてたって⁉　監察のメンバーに目をつけられるようなことなんかした覚えはないぞ」

「堺さん、もうわかってるんですよ」

「なんのことなんだ？」

堺が挑むような口調で言った。

「警務部第一課は五年以上前から、機動隊の出張費を操作して年に数億円ずつ裏金を捻出してたはずです」

「えっ、そうなのか⁉」

「白々しいな。あなたが疑わしい会計文書を故意にスルーさせてたから、裏金を貯めることができたんでしょう」

「おい、無礼だぞ。わたしは、どんな会計文書も厳しくチェックしてきた」

「もう裏付《ウラ》けは取れてるんですよ。捜査本部には未報告ですが、殺された逸見さんは裏金づくりの全貌を調べ上げてたんです」

真崎は、はったり《ブラフ》を口にした。堺の表情が強張《こわば》る。

「逸見さんは、三橋圭佑が『現代ジャーナル』に寄稿した内部告発の内容も一つ一つ検証してたんですよ。架空の変死体検案謝金や通訳謝金が裏金の原資になってたことも間違いなかった。内部告発した三橋が半年ほど前に不審死したことで、逸見さんはいまも裏金づくりが行われてると確信を深めたようです」

「裏金の件では以前、世間からさんざん批判された。不正な手段を使って予算を余らせてる部署なんて本庁はもちろん、どの所轄でもないだろう」

「あなたの言葉をそのまま信じる気にはなれませんね」

「どうしてなんだっ」

「堺さん、あなたは『幸せの雫』の教祖の高殿哲弥がいかがわしいことをやってる事実を恐喝材料にして、毎月、口止め料をせびってたんでしょ？」

「そのカルト教団のことはマスコミ報道で知ってるが、教祖には会ったこともない。本当なんだ」

「あなたはこっちの尾行に気づかなかったんだろうが、高殿を茨城県警に引き渡して信者たちを保護させたのは……」

「きみだったのか⁉」

「ええ、そうです。堺さん、もう観念したほうがいいな。高殿は、あなたに金をせびられてたことを喋るでしょう」

「…………」

「恐喝のことは、どうでもいいんですよ。警務部第一課が何年かにわたって捻《ひね》り出した裏金は『桜田警友会』の事務局に保管されてるんではありませんか？　あなたは会計文書のチェックを甘くしただけではなく、裏金の運び役も引き受けてたのかもしれないな」

「そ、そんなことは……」

「堺さんはそんなわけで金回りがよくなって、高級クラブを飲み歩けるようになった。『流星』のホステスの小西真由と親しくなれたのは別収入を得られたおかげでしょう」

「リッチになったのは、宝くじで大金を得たからだ。後ろめたいことなんか何もしてないよ」

「しぶといな。バックにいる人物を庇《かば》ってるんでしょうが、あなたも命を狙われることになるかもしれないんですよ」

「わたしは切札を持ってる」

「思わずボロを出しましたね。あなたが手を汚して三橋圭佑や逸見主任監察官を殺《や》ったとは思っていません。実行犯は別人なんでしょう。その汚れ役を動かしたのは、警察の上層部の人間なんでしょ？」

「そんなこと、わたしが知るわけないじゃないかっ」

「まだ粘る気ですか。こんなことはしたくなかったんだが、仕方ないな」

真崎は呟いて、ショルダーホルスターから自動拳銃を引き抜いた。安全装置を外し、スライドを手早く引く。

「わたしを撃つ気なのか⁉」

「このベレッタ92FSは、なぜだか暴発しやすいんですよ」

「暴発を装《よそお》って、引き金を絞るつもりだな。そうなんだろう？」

「ご想像にお任せします」

「なんて奴なんだ」

「逃げようとしたら、迷わずに撃ちますよ。もちろん、急所は外しますがね。それでも、体が不自由になってしまうかもしれません」

「わたしの負けだ。滝沢さんに頼まれて機動捜査隊のカラ出張費に目をつぶってやってたんだ」

「やはり、そうでしたか。当然、謝礼を貰ってたんでしょう？」

「滝沢さんが現職時代は、金なんか貰ってなかった。老舗《しにせ》料亭や高級クラブで接待されたりはしてたがね」

「そのころ、裏金はどこに保管されてたんです？」

「分析機器、電子顕微鏡、信号機なんかを製造してる会社に分散して預けたはずだよ。滝沢さんが定年退職して『桜田警友会』の三代目会長に就任してからは、事務局一カ所に裏金は集められたんだ」

「プール金の総額は？」

「八億七千万ほどあるそうだ。滝沢さんは、体を張って治安の維持に努めてきた警察官が殉職して遺族が生活に困ったときにカンパするために裏金を捻り出す気になったと言ってた。決して私利私欲のためではなかったと繰り返してたよ。しかし、殉職した警察官の遺族が生活苦に喘《あえ》いでるケースは少なかった」

「そうでしょうね」

「それで、滝沢さんは懲戒免職処分になった元警察官の更生資金として三百万から五百万円をカンパすることを思いついたんだ。わたしは滝沢さんに頼まれて、そういう連中の暮らしを調べてから、カンパ金を届けてたんだよ。それで、〝ご苦労さん代〟として数十万円ずつ貰ってた」

「高殿を強請《ゆす》ってたことも認めますね？」

「ああ。インチキ教団の教祖は信者たちに幻覚剤を服《の》ませて心を操り、金や物に執着するのはよくないことだと教え込んで、美人信者たちを日替わりでセックスパートナーにしてたんだ。情事の一部始終を隠し撮りして、相手の親に多額の寄附を強《し》いてたんだよ。総額で十三億円近くは吐き出させてたと思う」

「堺さんは、どのくらい高殿から金を毟《むし》ったんです？」

「トータルで四千万は貰ったよ」

堺が小声で答えた。

「お台場のレジャー施設で新高さんと落ち合って、二人でゴンドラに乗り込んだでしょう？　新高首席監察官と密談することになった経緯《けいい》を教えてください」

「それは……」

「新高さんは、逸見警部の内偵が進むことを恐れてたのかな」

「なぜ恐れなくてはならないんだ？」

「仮に新高さんが警務部第一課の裏金のことに気づいて、摘発前に滝沢との裏取引に応じてしまったら、困ったことになるでしょう？」

「滝沢さんに新高首席監察官がたっぷり鼻薬をきかされたんではないかって意味だね？」

「そうです」

「新高さんは硬骨漢だよ。いくら大金をちらつかされても、不正に目をつぶることはないだろう。わたしは、室長から警務部一課のカラ出張費の会計文書があったかどうか確認させてほしいとお台場のレジャー施設に呼び出されたんだ。誰かに会話を聞かれるのは避けたいということで、わたしたち二人は観覧車に乗り込んだんだよ」

「それは嘘じゃないんですね？」

「ああ。新高さんに確認してもらってもかまわない。首席監察官は部下の逸見警部の死の真相を自分で調べてみる気になったと言ってたよ。池袋署の捜査本部はまだ容疑者の絞り込みにも至ってないんで、もどかしくなったんだろうな」

「そうなんですかね」

「新高さんは、逸見主任監察官と元警視庁職員の三橋の死はどこかで繋がってると推測したようだな。真崎警部も、そう睨《にら》んでるのか？」

「ええ、リンクしてるでしょうね。警察ＯＢの滝沢昌之が単独で裏金を捻出したとは考えにくい。前の警務部第一課の課長は病死してますが、もっと上の人間が予算を余らせて裏金を捻り出せと指示したんでしょう。あなたなら、その人物に心当たりがありそうだな」

「滝沢さんは上層部の命令に従って、約八億七千万円の裏金を工面したなんてことはまるで匂わせなかった。キャリアや準キャリアは、エリートコースから外れるような愚かな真似はしないと思うよ。彼らは、出世してナンボと考えてるからね」

「その通りなんですが、何か切羽《せっぱ》詰まった事情があったら、怪しまれないよう何年か経《た》ってから裏金をそっくり自分のものにする気になるかもしれませんよ」

「だったら、滝沢さんは裏金の一部を懲戒免職になった連中の更生資金に三百から五百万を勝手にカンパしたりできないはずだ」

「なるほど、そうですね。となると、滝沢昌之が独断で危ない橋を渡る気になったのかもしれないな」

「そうなんだろうな、おそらく。ところで、わたしを恐喝容疑で茨城県警に引き渡すつもりなのか？」

「その前に教えてください。新高首席監察官は本庁舎に戻ると言ってました？」

「そう言ってたよ」

「あなたの話の確認を取りたいんです。桜田門まで同行してもらいますよ」

真崎はベレッタ92FSのセーフティーロックを掛け、ホルスターに仕舞《しま》った。堺の片腕を摑んで、遊歩道に導く。

繁みを出ようとしたとき、堺が全身で凭《もた》れかかってきた。

銃声は聞こえなかったが、被弾したことは明らかだ。消音器を装着した拳銃で狙撃されたのだろう。

真崎は闇を凝視《ぎょうし》した。
十五、六メートル先の樹木の枝が揺れた。黒っぽい人影も見える。
「救急車を呼びます。少し待ってください」

真崎は堺を地べたに横たわらせ、すぐ狙撃者を追った。繁みを掻《か》き分けながら、ホルスターから拳銃を引き抜く。

真崎は安全装置を解除して、トリガーガードに人差し指を添えた。狙撃者が発砲したら、ためらわずに反撃するつもりだ。真崎は遊歩道に躍《おど》り出て、夢の島公園の出入口に向かった。加害者の姿は、すでに闇に紛《まぎ》れていた。

真崎は公園の外に出た。

はるか遠くに小さく見える尾灯《びとう》が光っている。ナンバープレートの数字は読み取れなかった。

「くそっ」

真崎はベレッタ92FSをホルスターに戻し、堺のいる場所に駆け戻った。ペンライトを点ける。

堺は右側頭部を撃たれていた。身じろぎ一つしない。

真崎は、堺の右手首に触れた。温《ぬく》もりはあったが、脈動は熄《や》んでいた。警察OBの滝沢が殺し屋《ヒットマン》を放ったのか。事件通報しなければならない。

真崎は立ち上がった。

ちょうどそのとき、野中から電話がかかってきた。

「新高さんは、お台場から本庁に戻ったよ」

「そうか。野中、堺が何者かに夢の島公園でサイレンサー付きのハンドガンで頭部を撃たれて死んだよ。加害者には逃げられてしまった」

真崎はそう前置きして、詳しい経過を語った。

「『幸せの雫』の教祖が堺に口止め料をせびられつづけてることを腹立たしく思って、殺し屋《プロ》に始末させたんじゃない？」

「高殿がそう思ってたなら、もっと前に実行犯を雇ってただろう。堺はもう四千万ほどせしめてたと言ってたんだ」

「なら、もっと早い時期に犯罪のプロを使う気になるだろうね。消去法で考えると、怪しいのは警察ＯＢの滝沢だな。滝沢は現職のころに堺を抱き込んで、せっせと裏金をこさえてたようだからね」

「確かに滝沢昌之は疑わしいな。おれは公衆電話で事件通報したら、新高さんに会いに行く。ポリスモードや私物のスマートフォンを使ったら、密行捜査のことがバレちゃうからな」

「堺が死ぬ前に供述したことの裏付《ウラ》けを取るわけですね？」

「そうだ。おまえは、もう自由にしてやろう。組事務所なり、ワンナイトラブの相手を見つけるなりすればいい」

「そうさせてもらうか。おれにできることがあったら、また遠慮なく声をかけてください」

野中が先に電話を切った。

真崎は私物のスマートフォンを懐に戻し、夢の島公園を出た。

3

近くに警察官や職員の姿は見当たらない。

本庁舎の一階にある大食堂だ。真崎は隅のテーブルで、新高首席監察官と向かい合っていた。どちらもカレーライスを食べている最中だった。

「新高さんは、もう堺光一さんが夢の島公園内で射殺されたことをご存じなんでしょ？」

真崎は口許を手で覆《おお》って、小声で訊《き》いた。

「ああ。通信指令本部に入電があったとき、監察の〝島〟にアナウンスが流れたんでね。きみが一緒に夕飯でもどうかと声をかけてきたので、少し訝《いぶか》しく思ってたんだが、堺さんに関する情報を得たかったから……」

「そうです。実は、堺光一をマークしてたんですよ。あなたたち二人がお台場のレジャー施設で落ち合ったのも現認しました。それから、ゴンドラの中で密談されてたのも見たんですよ」

「わたしは誤解されたのかもしれないな。堺さんを呼び出したのは、確認したいことがあったからなんだ。他人の耳には入れたくない事柄なんで、男二人でゴンドラに乗り込んだわけさ」

「堺もそう言ってました。二人が別れてから、こっちは堺を尾行してたんですよ。それで、夢の島公園内で堺に裏金づくりに協力してたんではないかと詰問《きつもん》しました。故人には、警務部一課の不正会計文書を故意に見逃した疑いがあったもんですからね」

「わたしもそういう疑念を抱いたんで、ゴンドラの中で警務部一課の疑わしい出張費の明細書が紛《まぎ》れ込んでなかったかと問いかけてみた。堺さんは、そうした会計文書は一枚も混じってなかったと明言した」

　新高が先にカレーライスを食べ終え、コップの水を飲んだ。

「罪を認めようとしませんでしたか」

「彼は、わたしに嘘をついたのか……」

「それは間違いないでしょう」

真崎は、堺が犯した罪に触れた。

「堺さん、いや、堺光一は『幸せの雫』の教祖から四千万ほどの口止め料を脅し取り、現職時代の滝沢昌之に抱き込まれて裏金づくりに協力してたのか。とんだ喰わせ者だったんだな。まんまと騙《だま》されたことが忌々《いまいま》しいよ」

「堺は金銭欲に負けた小悪党です。滝沢に鼻薬をきかされて、架空捜査費の類《たぐい》を故意にチェックしなかったんですから。約八億七千万円の裏金のほんの一部しか受け取っていないんだと言ってましたが……」

「裏金の大部分は『桜田警友会』の事務局に隠されてるんだろうか」

「そう考えてもいいと思います」

「滝沢会長が裏金の件が露見するのを恐れ、誰かに堺光一の口を塞《ふさ》がせたんではないだろうか」

「その疑いはあるでしょうね。ただ、滝沢は裏金を私物化してないようなんですよ。堺の話では、『桜田警友会』の会長兼事務局長は懲戒免職になった警察官の更生資金として三百万から五百万円をカンパしてるだけらしいんです。堺は更生資金を届けて、そのつど数十万円の〝ご苦労さん代〟を貰ってただけだと言ってました」

「それが事実だとしたら、滝沢は強欲な犯罪者だと唾棄《だき》できないね。義賊めいた側面もあるわけだから」

「新高さん、そんなふうに滝沢昌之を美化するのは間違っています。血税を詐取したわけですから、罪深いですよ。たとえ裏金を自分で遣《つか》わなかったとしてもね」

「真崎警部の言ったことは正論だろうな。程度の差こそあれ、ほとんどの警察官は身内を庇《かば》う体質になってしまう。そういうことは改めるべきだろうね。滝沢を義賊視したことは反省しよう」

「別にあなたを批判したんではありません。自戒を込めて言ったんですよ」

真崎はスプーンをカレー皿に置き、ハンカチで口の端を拭った。あいにくペーパーナプキンは卓上に置かれていなかった。

「本庁《うち》の機捜初動班は、堺がちょくちょく警察OBの親睦団体の事務局に出入りしてたことを調べ上げるだろうから、滝沢昌之を怪しむはずだ。もし滝沢会長がまったくマークされなかったら、わたしが裏金の件を初動班の班長に教えてやってもいいが……」

「新高さん、滝沢が約八億七千万円の裏金を堺の協力を得て捻出したという立件材料を摑《つか》んだわけではないんですよ」

「そうなんだが、わたしは個人的に逸見君の事件を少しずつ調べてたんだ。それで、堺が故意に不正会計文書をスルーさせてたのではないかという疑いを持ったんだよ。堺は裏金づくりに手なんか貸してないと空とぼけたが、きみの話を聞いて、『桜田警友会』の会長兼事務局長に対する疑いが濃くなった」

「心証はクロっぽくても、それだけで滝沢昌之に任意同行を求めることはできません」

「悩ましいのは、そこなんだよな。物的証拠があれば、一連の殺人事件に滝沢昌之が関与してたかどうかもはっきりすると思うんだが……」

「新高さんは個人的に逸見警部の事件背景を調べてたということですが、被害者が滝沢の動きを探《さぐ》ってたと確認できたんでしょうか？」

「そういうメモは見つからなかったし、証言も得られなかったんだ。ただね、逸見君が職務とは別に本庁《うち》の公安部外事第二課の大門俊樹《だいもんとしき》課長補佐、三十五歳の私生活を洗ってたことは複数人の証言ではっきりしてる」

新高が言って、またもや水を喉に流し込んだ。外事二課は中国や北朝鮮担当である。

「大門は準キャリアですんで、顔と名前は知ってますよ。学校秀才っぽい面立《おもだ》ちで、背が高いな」

「ああ、そうだね。大門は一年ぐらい前から赤坂のみすじ通りにある『ソウルナイト』という韓国クラブに足繁く通ってるという噂があったんで、逸見君は個人的にマークしてみる気になったんだろう」

「そうなのかもしれません。日本はスパイ天国と言われるぐらいロシア、中国、アメリカ、イスラエル、イギリス、北朝鮮、韓国と多くの国の特殊工作員が潜《もぐ》ってますよね」

「そうだね。過去にはロシア大使館の書記官に日本の軍事情報を洩らしてた防衛省職員もいたし、中国の女スパイの色仕掛け《ハニートラップ》に引っかかってしまった自衛官もいたな」

「ええ、そうですね。で、新高さんは大門俊樹を何度か尾行してみたんでしょうか？」

真崎は訊《たず》ねた。

「三度ほど尾《つ》けてみたことがあるんだが、そのつど撒《ま》かれてしまったんだ。尾行に気づかれたことは間違いないだろう。その後、二回ほど『ソウルナイト』を覗いてみたんだが、大門は店にはいなかった」

「あなたの尾行を撒いたってことは、何か疚《やま》しいことをやってるんだろうな」

「そう思えるんだが、相手はかなり警戒してるようでヘマはやらなかったんだ」

「そうですか」

「公安部は何かと秘密が多いが、部署ぐるみで裏金づくりに励《はげ》んでるとは思えない。公安部の予算は決して少なくないし、会計監査も緩《ゆる》いようだからね」

「大門俊樹が裏金の件で『桜田警友会』と繋がってる疑いは濃くない？」

「そう思うね。大門俊樹は『ソウルナイト』のホステスの中に北朝鮮の女工作員がいる可能性が高いと踏んで、捜査をしてたんだろうか。脱北者がモンゴル経由で韓国に渡り、その後、日本に密入国した事例もある」

「そうでしたね」

「朝鮮人民軍の軍事584号室の特殊工作員たちは巧妙な方法で日本に潜入してるようだか

ら、いまも脱北者の中に女スパイが紛《まぎ》れ込んでる疑いはあるだろう」

「でしょうね」

「日本人拉致犯の多くは、軍事584号室の関係者だという話だ。大門は北朝鮮の女性工作員を取っ捕まえようとしてるのかもしれないな」

「そのあたりのことを探ってみましょう」

「そうしてもらえると、ありがたいな。わたし自身が動ける時間は、それほど多くないんでね」

「監察を束《たば》ねてるわけですから、仕方ありませんよ。お忙しいところをありがとうございました」

「気にしないでくれ。別々に出たほうがいいだろう」

新高が言った。

真崎は先に立ち上がって、トレイを所定の場所に置いた。それからエレベーターで地下三階に下《くだ》り、専用の覆面パトカーに乗り込む。

真崎はスカイラインを発進させ、虎ノ門に向かった。『桜田警友会』の事務局がある雑居ビルの近くの路肩に車を寄せ、ヘッドライトを消す。

真崎は私物のスマートフォンを使って、警察OBの親睦団体の固定電話を鳴らした。受話器を取ったのは当の滝沢だった。

「滝沢さんよ、あんたは悪人だな」

　真崎は作り声で言った。

「きさま、誰なんだっ」

「名乗るわけにはいかないんだよ。あんたは本庁総務部会計課会計監査室次長だった堺光一を抱き込んで、約八億七千万円の裏金を捻出したよな？」

「言いがかりをつける気らしいが、忙しいんだ。電話を切るぞ」

「そうしたら、あんたは手錠《ワッパ》打たれることになるぞ。おれは、立件材料を手に入れたんだ」

「立件材料を手に入れただと⁉」

「少しうろたえたな。堺が証言したんだよ。あんたに頼まれて、機動隊員のカラ出張費の会計文書を見逃してやってたとはっきり喋った」

「堺が何を言ったか知らないが、事実無根だよ。わたしは裏金づくりに関与したことなんかない。もちろん、堺に何か不正をしてくれと頼んだこともないっ」

「しらばっくれるつもりか。しかし、粘っても意味ない。堺は、懲戒免職になった警察官たちの更生資金を配ってたことも喋ってくれたんだよ。三百万から五百万円のカンパ金を渡して、〝ご苦労さん代〟として一件数十万ずつ貰ってたとも証言した。その音声はＩＣレコーダーに録《と》ってある」

「えっ」

滝沢が絶句した。

「狼狽《ろうばい》したな。あんたはいつまでも堺を生かしておいたら、身の破滅を招くと判断したんだろう。それで、今夜、殺し屋《プロ》に夢の島公園で堺を射殺させたんじゃないのかっ」

「堺が殺されたって⁉」

「下手《へた》な芝居はよせ！　事務局の奥にでも裏金はそっくり保管してるんだろ？　早いとこ別の場所に移さないと、元お巡りが後輩の刑事に逮捕《パク》られることになるぞ。それでも、いいのか？」

「わたしは法に触れるようなことは何もしてない」

「あくまでシラを切るなら、裏金の何割かを貰えそうもないな。わかったよ。今夜中に警視庁に密告《チク》る」

真崎は言い捨て、スマートフォンを懐に戻した。セブンスターをくわえて、使い捨てライターで火を点ける。

滝沢が裏金を『桜田警友会』の事務局に隠してあるとしたら、それを速《すみ》やかに別の所に移すにちがいない。その現場を押さえれば、滝沢が三橋と逸見を第三者に片づけさせたかどうか追及できる。

真崎はそう考えながら、短くなった煙草の火を消した。それから五、六分経《た》ったころ、馬場参事官から電話があった。

「真崎君、堺光一が死んだぞ。夢の島公園で何者かに射殺されたんだ」

「ええ、知っています。参事官に報告するのが遅くなってしまいましたが、堺がサイレンサーを装着した拳銃で撃たれたとき、実は近くにいたんですよ」

「そうだったのか。それでは、公衆電話で事件通報したのは真崎君だったんだね？」

「ええ、そうです。密行捜査のことを伏せるため、最小限のことしか通信指令本部には情報を提供できませんでしたが……」

「そのことはいいよ。それより、堺と一緒に夢の島公園にいた理由を報告してくれないか」

「わかりました」

真崎は事の経過をつぶさに話した。

「堺は公園で観念して、滝沢に抱き込まれて疑わしい会計文書に目をつぶってやってたことを白状したわけか」

「その証言に偽《いつわ》りはないでしょう」

「堺は滝沢から相応の謝礼を貰ってたんで、高級クラブを飲み歩けるようになったんだね？」

「ええ。堺は金回りがよくなったので、『流星』のホステスの小西真由と親しくなれたんでしょう。その真由と『セジュール』で働いてた時任かすみは友人同士でした」

「三橋とホテルの浴室で死んでた時任かすみは、友人の真由から堺の悪事を教えられてたんだったな?」

「ええ、そうです」

「三橋圭佑と時任かすみは一面識もなかったが、間接的な接点があったわけだから……」

「二人が心中に見せかけて殺害されたのは、もはや疑いの余地はありません」

「そうだな。逸見は三橋の死の真相を調べ、滝沢が八億七千万円の裏金を捻出したことを知った。そんなことで、若死にすることになってしまったんだろうな」

「そうなんでしょう」

「これまでにわかった事実を積み重ねていくと、一連の事件の首謀者は滝沢だろうね」

「読んだ筋は大きくは外れてないでしょう。滝沢が事務局に裏金を隠してあるなら、夜が更《ふ》けたころに別の場所に移すと睨んでるんですよ」

「その読み通りになることを祈ってる。真崎君、きみからの報告を楽しみにしてるよ」

馬場が通話を切り上げた。

真崎は刑事用携帯電話《ポリスモード》を上着の内ポケットに突っ込み、雑居ビルに視線を注いだ。

時間が虚《むな》しく流れるばかりで、何も動きはない。『桜田警友会』の事務局に裏金は保管されていないのか。いたずらに時が流れるにつれ、真崎は次第に不安になってきた。見当違いの推測だったのだろうか。

自信が揺らぎはじめたが、張り込みを打ち切る気にはなれなかった。真崎は日付が変わっても、明け方までは粘ってみることにした。

マイクロバスが雑居ビルの前に停まったのは午前零時数分前だった。

車内には、三人の外国人が乗っていた。ひとりは黒人だ。残りの二人は東南アジア系とペルシャ系に見える。男たちはマイクロバスを降りると、次々に雑居ビルの中に消えた。

真崎はそっとスカイラインから出て、雑居ビルの前まで走った。

三人の外国人がエレベーターに乗り込む姿が目に映った。函《ケージ》の扉が閉まる。階数表示盤のランプは五階で静止した。

三人組は『桜田警友会』を訪れる気なのだろう。滝沢は外国人たちに裏金を別の場所に運ばせるつもりなのか。多分、そうなのだろう。

真崎はマイクロバスのナンバーを頭に刻みつけ、スカイラインの中に戻った。すぐにナンバー照会をする。

マイクロバスは盗難車だった。五日前に江戸川区内の福祉施設から盗まれた車輛だ。デイサービスを受けている高齢者の送迎に使われていたバスだったのだろう。

十分も過ぎないうちに、三人組が雑居ビルから姿を見せた。揃って男たちは両手に銀色のジュラルミンケースを提《さ》げている。

だいぶ重そうだ。中身は札束ではないのか。やはり、滝沢は隠してあった裏金をどこかに移すことにしたようだ。

三人の外国人は、マイクロバスにおのおのジュラルミンケースを運び入れた。黒人の男がマイクロバスから降り、雑居ビルの中に走り入った。アジア人らしい男とイラン人と思われる男はマイクロバスに留《とど》まった。

『桜田警友会』には、まだ札束の詰まったジュラルミンケースが残っているようだ。
六、七分待つと、肌の黒い男が両手にジュラルミンケースを持って雑居ビルから出てきた。合計八つのジュラルミンケースがマイクロバスに積み込まれた。
依然として、滝沢は姿を見せない。警察の動きを気にしているのか。そうではなく、何か異変があったのだろうか。

いつの間にか、色の浅黒いアジア系の男がマイクロバスの運転席に坐っていた。

黒人とイラン人らしい男が通路の左右の座席に腰かけた。八個のジュラルミンケースは後方のシートの下や通路に置かれたようだ。

じきにマイクロバスが動きはじめた。

真崎は少し間《ま》を置いてから、マイクロバスを追尾しはじめた。真夜中とあって、車の量はあまり多くない。

真崎は車間距離を充分に取った。マイクロバスは四十分ほど走り、中野区若宮《わかみや》二丁目の住宅街に入った。幾度か右左折をし、戸建て住宅の敷地の中に消えた。

真崎は覆面パトカーを数軒先の暗がりに停め、手早くライトを消した。エンジンも切って、十分ほど時間を遣《や》り過ごす。

真崎はそっとスカイラインを降り、マイクロバスが駐められた民家に近づいた。

門柱には、呉光仁《ウーグアンレン》と刻まれた表札が掲《かか》げてあった。名前から察して、中国人か台湾人と思われる。

真崎は呉《ウー》宅の内庭を覗いた。ポーチの斜め前に駐《と》めてあるマイクロバスは無人だった。三人の外国人は、八個のジュラルミンケースを家の中に運び入れたようだ。

真崎は身を屈《かが》めて、呉《ウー》宅の敷地内に忍び込んだ。五メートルも進まないうちに、警報アラームが鳴った。うっかり防犯センサーに引っかかってしまったらしい。

真崎は中腰で呉《ウー》の家の敷地から走り出て、スカイラインに駆け戻った。急いで覆面パトカーを四、五十メートル後退させ、すぐにライトを消した。エンジンも切って、上体を助手席に傾ける。

真崎はベレッタ92ＦＳの銃把に右手を掛け、息を詰めた。

しばらく待ってみたが、足音は近づいてこない。真崎は用心のため、スカイラインを脇道に隠した。呉光仁《ウーグアンレン》は不良外国人グループのボスなのではないか。

不良外国人たちの犯罪を取り締まっているのは、本庁組織犯罪対策部第一課だ。誰か当直はいるだろう。

真崎はポリスモードを使って、組対一課に連絡を取った。電話口に出たのは、木内《きうち》という三十一、二歳の男性刑事だった。顔見知りだ。

真崎は名乗って、呉光仁《ウーグアンレン》に関する情報を提供してほしいと切りだした。

「もうA号照会はされたんでしょ？」

「犯歴の照会はしてないんだ。組対一課から詳しい情報を貰いたかったんだよ」

「そうですか」

「呉《ウー》は中国人なんだろう？」

「父親は中国人ですが、母親は中国残留遺児なんですよ。呉光仁《ウーグアンレン》は現在、六十一歳なんですが、二十数年前に実母と二人で日本に来たんです。その当時、父親はすでに他界していました」

「そう」

「母親は五年前に病死しました。それまで呉《ウー》は製パン工場で働いてたんですが、日本語がたどたどしいので、職場では孤立してたようです。中国の大学を出てても、雑役《ざつえき》めいたことをやらされてたんで、プライドが傷ついたんでしょうね。おふくろさんが死んで間もなく仕事を辞めて、組織から食《は》み出したイラン人、タイ人、ナイジェリア人、フィリピン人、中国人を束ねて違法ビジネスに励《はげ》むようになったんです」

「高級車の窃盗や麻薬の密売なんかをしてるのか」

「いいえ、そういうことはやってません。悪事の下請けみたいなことを主にしてるようですよ。手下は何人か検挙《アゲ》られましたが、呉《ウー》はまったく逮捕歴がありません。悪賢いんでしょうね」

「家族は？」

「独身で、中野区若宮の借家に住んでます。少し時間をいただければ、手下の外国人の名やオーバーステイの年数もわかりますが……」

木内が言った。

「そこまで調べてくれなくてもいいよ」

「真崎さん、何を洗ってるんです？　情報を共有させてもらえませんか」

「仕事熱心だな。個人的なことで動いてるだけなんだ。サンキュー！」

真崎は電話を切ると、急いで車から出た。呉《ウー》宅に走り、庭先をうかがう。マイクロバスは消えていた。家の中も真っ暗だ。

呉《ウー》は三人の手下に八個のジュラルミンケースを大急ぎでマイクロバスに積み込ませ、しばらく姿をくらますことにしたにちがいない。

真崎は覆面パトカーに駆け戻り、虎ノ門に急いだ。

滝沢は呉《ウー》の手下に手脚《てあし》の自由を奪われ、床に転がされているのではないか。警察ＯＢを痛めつけてでも、口を割らせたい。真崎はそう考えていた。

サイレンを高く響かせながら、目的の雑居ビルをめざす。およそ三十分後に到着した。

真崎はスカイラインを路上に駐め、雑居ビルの最上階に上がった。

両手に白い布手袋を嵌《は》めてから、『桜田警友会』のドア・ノブを握る。施錠されていない。

真崎はドアを開けた。

そのとたん、血の臭いが鼻腔《びこう》を撲《う》った。警察OBの滝沢は床に仰向《あおむ》けに倒れていた。頸《けい》動脈《どうみやく》と喉《のど》を掻《か》っ切られている。微動《びどう》だにしない。

黒幕が呉《ウー》の手下たちに裏金を強奪させ、邪魔者の滝沢を抹殺させたのではないか。

真崎はそう推測しながら、三十畳ほどの広さの事務所を見回した。三卓の事務机とソファセットは少しも乱れていない。滝沢はほとんど抗《あらが》うこともなく、絶命してしまったのだろう。

闇の奥に潜んでいる首謀者は何者なのか。その冷血ぶりに身が震えそうだった。むろん、怒りも膨《ふく》れ上がった。

真崎はゆっくりと死体に近づいた。

## 4

追分組のベンツはまだ来ない。

真崎の胸中を禍々《まがまが》しい予感が掠《かす》めた。野中は無頼漢だが、待ち合わせの時刻に遅れたことはただの一度もなかった。

待ち合わせの時刻は午後三時だ。すでに四分過ぎている。野中は裏社会のネットワークを使って呉《ウー》たち一味の潜伏先を突きとめ、単身で乗り込んだのか。

真崎は正午前に野中に電話をかけ、呉《ウー》たち四人の居所を割り出してほしいと頼んであった。不良外国人たちで構成された裏便利屋グループに野中は返り討《う》ちにされてしまったのだろうか。

真崎は、覆面パトカーを休業中の『スラッシュ』の数十メートル先のガードレールに寄せた。エンジンを切る。

私物のスマートフォンで野中に連絡を取りかけたとき、馬場参事官からコールがあった。早朝《けさ》、前夜のことは電話で報告済みだった。

「まだ呉《ウー》たち四人の潜伏先はわからないだろうね？」

「ええ、残念ながら……」

「そうか。真崎君、焦《あせ》らずに密行捜査をつづけてくれればいいからな」

「はい」

「おっと、肝心なことが後回しになってしまった。機捜のメンバーが『桜田警友会』の事務局のキャビネットと壁の間にS&WのM360Jが隠されてたのを発見したらしいんだ」

「逸見主任監察官殺しの凶器は『桜田警友会』にあったんですか。で、ライフルマークは検《しら》べたんでしょうか？」

「逸見が被弾した弾丸は秘匿《ひとく》されてた拳銃から発射されたとわかったそうだ。滝沢会長が何年かにわたって現職のころに堺を抱き込んで、およそ八億七千万の裏金を捻出したにちがいないよ」

「ええ、そうなんでしょうね」

「滝沢は最初に三橋圭佑に裏金のことを知られ、クラブホステスの時任かすみと心中したと見せかけて殺害したんだろう。二人に接点はなかったわけだが、かすみは堺と親密な関係にあった小西真由と友人同士だった。不正会計文書を堺が故意に見逃してたことが発覚したら、滝沢は身の破滅じゃないか」

「そうですね」

「それだから、滝沢は犯罪のプロに三橋とかすみを亡《な》き者にさせた。逸見警部は三橋の死を他殺と睨み、個人的に真相に迫った。そして、滝沢が裏金を捻出してた証拠を押さえたんだろう。フリージャーナリストの川瀬も始末させてると思うな」

「で、逸見さんは射殺されてしまった？」

「そうにちがいないよ」

「参事官、事務局で見つかったＳＡＫＵＲＡ《サクラ》は欠陥拳銃として回収された物だったんですか？」

　真崎は訊いた。

「鑑識課が製造番号をチェックしたら、欠陥拳銃リストには入ってなかったらしいんだ。滝沢はアメリカの闇市場《ブラックマーケット》あたりでＭ360Ｊを手に入れ、実行犯に渡して犯行《ヤマ》を踏ませたんだろうね」

「そうなんでしょうか。堺が撃たれた凶器も判明してるんでしょ？」

「堺はロシア軍将校用の消音型拳銃マカロフＰｂで射殺されたんだ。滝沢は極東マフィアから日本の暴力団に流れた消音型拳銃を入手し、実行犯に預けたんだろうな。逸見君と堺を撃ち殺した犯人《ホシ》は、同一人物と考えてもいいんじゃないのか」

「複数の殺し屋《プロ》を雇ったら、足がつきやすいですよね。同一犯の可能性は高そうだな」

「逸見警部がＳＡＫＵＲＡ《サクラ》で射殺されたんで、現職警察官かもしれないと憂慮《ゆうりよ》してたんだが、そうではなさそうだな。ひとまず安堵《あんど》したよ」

「参事官、まだわかりませんよ。現職警察官が殺し屋の仕業《しわざ》と見せかけた事件《ヤマ》だったとも考えられなくはないですから」

「そんなことはない。ないよ！」

馬場が声を張った。真崎は参事官の反応を奇異に感じた。いつもは冷静なキャリアがどうしたというのか。

参事官は一連の事件に現職警察官が絡んでいることを知っていて、そうした恥をなんとか糊塗《こと》しようと考えているのだろうか。あるいは、下衆《げす》の勘繰《かんぐ》りなのか。

「きみの筋読みは、だいたい当たる。しかし、現職警察官が犯行を踏んだなんてことは考えられないよ。ＯＢの中には、滝沢のように腐った人間もいるがね。それはともかく、呉《ウー》は悪賢いな。警察の裏金が強奪されても、被害届なんか出せるはずない」

「ええ」

「真崎君、時間がかかっても、必ず呉《ウー》たち一味を捕まえてくれないか」

馬場が通話を切り上げた。

真崎は刑事用携帯電話《ポリスモード》を懐に突っ込んだ。その直後、『スラッシュ』の前に見馴《な》れたベンツが停まった。運転席には野中が坐っている。

何事もなかったようだ。真崎は胸を撫で下ろした。

野中がベンツを降り、『スラッシュ』のドア・ロックを解《と》いた。真崎は数分経《た》ってから、スカイラインの運転席から離れた。あたりに人の姿がないことを目で確かめ、休業中の酒場に入る。

野中はカウンターに片肘《かたひじ》をつき、葉煙草《シガリロ》を喫《す》っていた。焦茶《こげちゃ》のレザージャケットを黒いタートルネック・セーターの上に羽織《はお》っている。下はベージュの厚手のチノクロスパンツだった。

「きょうは、シックな身なり《ナリ》をしてるじゃないか。やくざには見えないと言いたいとこだが、やっぱり堅気には……」

「ひと目で筋者とわからないほうがいいと思ったんで、こんなコーディネイトにしたんです。それより、待たせて悪かったですね」

「行きずりの女と情事に耽《ふけ》ってたんで、おれが電話を切ってから寝たんじゃないのか？」

真崎は軽口をたたいて、野中と並ぶ形でスツールに腰を据えた。

「ちょいと気になる情報をキャッチしたんで、ほうぼうに電話してたんですよ。一昨日《おととい》の深夜、関東仁友《じんゆう》会の企業舎弟のオフィスに黒いフェイスマスクを被った三人の外国人が忍び込んで、内部留保金六億一千万円を持ち去ったらしいんだ」

「本当かい⁉　その三人組は白人の男だったのか？」

「ひとりは黒人だったようです。ほかの二人はイラン人とアジア人ぽかったらしい。呉《ウー》の手下どもかもしれないね」

「おそらく、そうなんだろう」

「そいつらは、関東仁友会の佐久間雄吉《さくまゆうきち》総長の自宅にも押し入って、消音器付きの短機関銃《サブマシンガン》で部屋住みの若い衆をビビらせ、総長の寝室に案内させたという話でした」

「それで？」

「八十一歳の総長は枕の下に入れてあった護身銃を摑んだんだが、撃鉄《ハンマー》を起こす前に黒人に奪い取られてしまったらしい。イラン人と思われる男が消音器付きのサブマシンガンで壁と畳を蜂の巣みたいにすると、佐久間総長は耐火金庫から黙って一億九千万円の札束を取り出したというんです。三人組は首都圏で最大の勢力を誇る組織からトータルでちょうど八億円のやくざマネーを奪って、いまも逃走中らしい」

野中が言って、葉煙草《シガリロ》の火を消した。

「警察の裏金や広域暴力団の銭を強奪しても、まず事件化されないだろう。いいとこに目をつけやがったな」

「そうですね。佐久間総長は三人組を雇ったのは関西の神戸《こうべ》連合会と睨んで、関東やくざの親分衆に警戒を呼びかけてるらしい。もちろん、関東仁友会の第四次団体にまで三人組の行方を追えと指令を下したそうです」

「総長は面子《メンツ》を潰《つぶ》されたんだから、そりゃ躍起《やっき》になるだろう。しかし、やくざマネーをかっぱらった奴らは関西の極道に雇《やと》われたんじゃないな。そんなことをしたら、東西戦争の火種《ひだね》になる」

「そうでしょうね。東西の組織は、昔と違って力ずくで縄張《シマ》りを拡大しようとは考えてない。共存共栄を望んでるはずです」

「だろうな」

「呉光仁《ウーグアンレン》は警察の裏金とやくざマネーを軍資金にして、ニュータイプの犯罪組織の勢力拡大を狙ってるんじゃないですか？　日中のハーフの呉《ウー》は大陸でも、母親の祖国でも辛い目に遭《あ》わされてきたんだろう。だから、捨て鉢になってしまった。図太く生きてやろうと腹を括《くく》ったんじゃないのかな」

「そうなのかもしれない。虐《しいた》げられる人生なんか真っ平だと思っても、仕方がないだろうな。開き直らなきゃ、生きていけないんじゃないか」

「組員になった奴の多くは家庭環境がよくなかったり、親の愛情に飢えてたんで自棄《やけ》になったりします」

「そうだな。野中は特にハンディなんかしょってないのに、なぜ筋者になったんだ？」

「おれの場合は、やくざ映画に影響されたんですよ。任侠映画のヒーローたちはどんな苦境にあっても、仁義と侠気《おとこぎ》を貫く。男のダンディズムを何よりも大切にしてる。不器用で時代遅れの生き方だけど、カッコいいでしょ？」

「昭和の初期ぐらいまでは、粋《いき》で気骨のある筋者がいたようだな。しかし、戦後のやくざは楽して贅沢《ぜいたく》をしたいと考えてる連中ばかりなんじゃないのかな」

「大部分は、そうでしょうね。だけど、追分組で壺《つぼ》を振ったり、合力《ごうりき》を務めてる老組員の中には惚れ惚れするような姿勢を保《たも》って、男稼業を張ってる先輩もいます。おれは、そんな男たちに憧れて……」

「追分組に入ったんだよな。男の美学を大切にするのはいいが、野中は刑事だったんだ。あまり無茶なことはするなよ」

「わかってますって。法に触れることをいろいろやってるけど、堅気に迷惑をかけるような屑《くず》じゃない。それはそうと、呉《ウー》が目をかけてる不良外国人がわかりましたよ」

「裏社会のネットワークは警察並だな。ひょっとしたら、それ以上かもしれない」

「本庁の組対部《そたいぶ》の情報よりも、おれたちのネットワークは力があると思います」

「自慢話は後《あと》にして、肝心なことを教えてくれ」

真崎は急《せ》かした。

「黒人はナイジェリア人で、サミー・オズリボって名前です。確か三十三歳だってな。このナイジェリア人は二年前まで同胞たちといろんな悪さをしてたんだが、ボスに渡さなきゃいけない金の一部を抜いてたみたいなんですよ。少数派のイボ族出身なんで、仲間に軽く見られてたんでしょうね」

「それが不満で、呉《ウー》の下働きをするようになったのか」

「そういう話でしたね。イラン人の男はハシム・ジャファリという名で、三十五、六らしい。ジャファリは二十代のころに渋谷でドラッグを売ってたイラン人グループにいたんだけど、摘発で幹部たちが検挙《アゲ》られると、暴力団員たちのシノギを手伝うようになったみたいなんです。けど、やくざたちには馴染《なじ》めなかったようで、呉《ウー》の下で働くようになったらしいんだ」

「アジア人も、不法滞在者なんだろ？」

「そうです。タイ人のチャチャイ・サムポンは三十三歳で、元軍人らしい。つき合ってた女が日本で働くようになったんで、サムポンは観光ビザで六年前に入国したそうです」

「タイ人の彼女と一緒に暮らしてるのか？」

「日本に来て六年ぐらいは同棲してたようですね。でも、彼女に逃げられちゃったんだ。それで、不良タイ人グループに入って車上荒《しゃじょう》らしをしたり、自動販売機の金を盗《ギ》ってたみたいですよ」

「呉《ウー》とは、どこで知り合ったんだ？」

「そこまではわからなかったんですが、数年前から呉《ウー》の手下になったみたいですよ。サムポンはいつもノーリンコNP42を持ち歩いてるらしい」

「そいつはグリップフレームが強化プラスチック製だから、持ち歩きやすいはずだ。元軍人なら、射撃術に長《た》けてるんだろう」

「やくざに絡まれたりすると、サムポンは中国製の大型拳銃を突きつけて、ビビった相手に自分の靴を舐めさせるんだってさ。命令に従わなかったら、銃把《グリップ》の角で相手の目ん玉を潰すって話でしたね」

「凶暴な奴だな。心が屈折《くっせつ》して、負《ふ》のエネルギーを溜《た》め込んでるんだろう」

「そうなんでしょうね。サムポンが本気で怒ったら、なんのためらいもなく何人も撃ち殺しちまいそうだな」

「野中、呉《ウー》たち四人の潜伏先の見当はついたのか？」

「呉《ウー》は静岡《しずおか》県湖西《こさい》市の廃工場に故買屋から預かった毛皮の高級コートなんかを保管してるらしいんです」

「湖西市は浜名湖《はまなこ》の西側に位置してたんじゃなかったっけ？」

「そうです。松見《まつみ》ヶ浦《うら》の山側に廃業した段ボールの工場があって、二階は従業員寮になってたんだって。呉《ウー》は窃盗グループに頼まれて廃工場の一階に預かった毛皮コートや高級衣料を保管し、買い手のブローカーの許《もと》に届ける仕事を引き受けてるそうです」

「故買ビジネスをやってるわけじゃないんだな？」

「呉《ウー》は盗品を保管して、買い手の許に商品を運んで収入を得てるだけみたいだね。そんな半端な仕事じゃ、たいして稼げないでしょ？」

野中が真崎に顔を向けてきた。

「そうだろうな。裏便利屋みたいなことを長くつづけても、贅沢《ぜいたく》な生活はできないだろうと思うよ」

「それだから、警察とやくざマネーを強奪する気になったんでしょうね。少なく見積もっても十六億は手に入れたんだろうから、四人の分け前は四億以上になるな」

「呉《ウー》たちは頼まれて、警察の裏金とやくざマネーを奪っただけなんだろう。警視庁の会計職員だった三橋、逸見主任監察官、堺会計監査室次長、ＯＢの滝沢が殺害されたことを考えると、一連の事件の絵図を画《か》いたのは警察関係者臭いな」

「その疑いが濃厚ですね。ただ、首謀者はてめえの手は汚してないだろうな。呉《ウー》たち一味に何人かは始末させてるかもしれないけど」

「そうなんだろうな」

「真崎さん、これから湖西市に行ってみましょうよ。元段ボール工場の倉庫に呉《ウー》たち四人が潜《ひそ》んでるかどうかわからないけどさ」

「そうしよう。おれのスカイラインに従《つ》いてきてくれ。先に外に出てるぞ」

真崎はスツールから滑り降り、『スラッシュ』を出た。覆面パトカーに乗り込み、イグニッションキーを回す。

待つほどもなく野中が表に出てきて、『スラッシュ』の戸締まりをした。元刑事のやくざが慌《あわ》ただしくベンツの運転席に入る。

真崎は覆面パトカーを発進させた。ベンツも走りだした。

二台の車は最短コースをたどって、六本木通りに出た。青山通りを直進し、玉川通りを走り、東名高速道路の下《くだ》り線に入る。

ハイウェイを直進して、三ヶ日《みっかび》ICから姫街道《ひめかいどう》に入る。浜名湖の支湖である猪鼻湖《いのはなこ》を回り込み、スカイラインとベンツは国道301号線を下《くだ》りはじめた。

十五、六分走ると、左手に浜名湖の松見ヶ浦が見えてきた。小さな岬は、湾をかたちづくっている。観光名所だ。

真崎は松見ヶ浦を通過してから、車を山側に向けた。ベンツが従《つ》いてくる。

市道を数キロ走ると、家並《やなみ》が途切《とぎ》れた。雑木林と畑が両側に連《つら》なっている。小川を越えて間もなく、急に視界が展《ひら》けた。

右手に廃工場らしき建物が見える。ペンキの剝《は》がれかけた看板には、『湖西紙工』という社名が記《しる》してあった。かつては段ボール製造工場だったのだろう。

真崎は、廃工場の十数メートル手前でスカイラインを停めた。五、六メートル後ろにベンツが停止する。

二人は車を降り、元工場に近づいた。

防犯カメラは設置されていない。真崎たちは姿勢を低くして、廃工場の敷地に侵入した。割に広い。見覚えのあるマイクロバスが建物の前に駐めてあった。

「一味はいるようですね」

野中が嬉しそうに言った。真崎は黙ってうなずいた。

二人は建物の左手に回り込んだ。

すると、六十歳前後の男が柔軟体操をしていた。格子柄《こうしがら》のウールシャツの上にフリースを重ねている。下はチノクロスパンツだ。呉《ウー》だろう。男が振り向く。

「あなたたち、誰？　ここは道路じゃない。勝手に歩けないよ」

「もう少し日本語の勉強をしないと、おふくろさんの祖国では暮らしにくいんじゃないのか。あんた、呉光仁《ウーグアンレン》だな？」

真崎は確かめた。

「そう、そうね。でも、わたしの名前、呼び捨てにするのは失礼よ。気分悪いね」

「犯罪者に敬称は必要ないだろうが！」

「あなた、警察か？」

「そうだ。手下の三人の不良外国人は建物の中にいるのかっ」

「それ、誰のこと？」

呉《ウー》が問い返した。

「チャチャイ・サムポン、ハシム・ジャファリ、サミー・オズリボのことだ」

「そんな名前の男たち、わたし、知らない。嘘じゃないよ」

「あんたは三人の配下に一昨日の深夜、関東仁友会の企業舎弟《フロント》と佐久間総長の自宅に押し入らせ、八億ほどのやくざマネーを強奪させたよな？　それだけじゃない。昨夜は『桜田警友会』に隠されてた警察の裏金八億七千万を奪わせたはずだ」

「わたし、そんなことさせてない。第一、子分なんかいないね。本当よ」

「痛い思いをしないと、口を割る気はないようだな。あんたがそのつもりなら、こっちも手加減しないぞ」

真崎はホルスターからベレッタ92FSを引き抜き、手早く安全装置を外した。

「わたしを撃つのか!?　それ、困るよ」

「急所を外しながら、一発ずつ撃ち込む」

「お願いだから、撃たないでくれ。わたし、頼まれて大門さんに言われたことをジャファリたち三人にやらせただけ。大門さん、警察の裏金や暴力団の汚れた金を奪っても、被害届は出さないはずだと言ってた。だから、わたし、手下の三人に隠し金を……」

「『桜田警友会』の滝沢会長の頸動脈と喉を掻っ切ったのは、いったい誰なんだ？」

「それ、チャチャイ・サムポンがやったね。大門さん、公安部外事二課の課長補佐のくせに、北朝鮮の女性工作員に本気で惚《ほ》れちゃったね。北の独裁国、軍事費に金を遣《つか》いすぎて、人民は耐乏生活を強《し》いられてる。だから、大門さん、好きになった女の国に大口のカンパをしたいらしい」

呉《ウー》が言いながら、大きく後ずさった。

　そのとき、建物の陰からイラン人とタイ人が躍《おど》り出てきた。ジャファリはマカロフPb、サムポンはサイレンサー付きのMP－5SD3を持っていた。元軍人のサムポンがドイツ製の短機関銃を扇撃《ファニング》ちしはじめた。

「伏せろ！」

　真崎は野中に声をかけ、反撃しはじめた。

　だが、三十メートル以上も敵と離れている。放った二発は標的に命中しなかった。

　ジャファリが前進しながら、マカロフPbの銃弾を放ってくる。真崎は地に這いつく張った。呉《ウー》が建物の中に逃げ込んだが、どうすることもできなかった。

　やがて、消音器付きの短機関銃の弾倉が空になった。

　反撃の好機だ。真崎は膝撃《ニーリング》ちの姿勢《ポジション》をとった。

　次の瞬間、サムポンが手榴弾《しゆりゆうだん》を投げ放った。真崎と野中のコンビは、ほぼ同時に地べたに伏せた。

　橙色《だいだいいろ》を帯びた閃光《せんこう》が走り、土塊《つちくれ》が舞い上がった。ジャファリとサムポンが発砲しながら、マイクロバスに向かって駆けはじめた。

　マイクロバスの運転席には、ナイジェリア人のオズリボが坐っていた。呉《ウー》も車内に乗り込んだようだ。サムポンとジャファリがマイクロバスの中に入った。ほとんど同時に、オズリボがマイクロバスを急発進させた。

真崎たち二人は立ち上がった。マイクロバスは、すでに市道に達していた。追っても間に合いそうもない。真崎たちは建物の中に入った。一階には毛皮のコートや高級衣料がハンガーに掛かっているだけだった。

二人は二階に駆け上がり、各室をくまなく検《しら》べた。だが、ジュラルミンケースは一個もなかった。やくざマネーも見当たらない。

「呉《ウー》が供述した通りなら、強奪された金は大門俊樹の許《もと》に届けられたんでしょうね。真崎さん、外事二課の課長補佐は何か危《ヤバ》いことをやってて、三橋と逸見に怪しまれてたんじゃない？　そうだとしたら、一連の事件の黒幕は大門俊樹だったんだろうな」

「おれは、呉《ウー》があっさりと口を割ったことが気になってるんだ」

「あっさりでもないでしょ？　ベレッタを突きつけられたんで、本当に呉《ウー》は竦《すく》み上がってたんだと思うな」

「いや、おれは呉《ウー》めがけて一発も撃ってない」

「そういえば、そうでしたね。何か魂胆があるのかな」

「ああ、そうなのかもしれないぞ。東京に戻って、大門俊樹に張りついてみよう」

真崎は相棒に言って、廃工場の外に出た。

5

香水が鼻腔《びこう》をくすぐる。

色白な美人ホステスが真崎のテーブルについた。尹琴恵《ユンクンネ》だ。大門が入れ揚げているらしい相手である。赤坂の韓国クラブだ。

真崎は変装して、三夜連続で『ソウルナイト』に顔を出した。しかし、店内で大門俊樹と鉢合わせすることはなかった。

大門には、野中が張りついてきた。この三日間、外事二課の課長補佐は退庁後はまっすぐ都内の国家公務員住宅に帰っている。どうやら警戒しているようだ。湖西市の廃工場から逃走した呉《ウー》たち一味の行方もわからないままだった。

「琴恵《クンネ》です。失礼しますね」

人気ホステスが正面のソファに浅く腰かけた。奥二重の切れ長の目が色っぽい。

「一昨日《おととい》と昨夜《ゆうべ》もきみを指名しようと思ったんだが、忙しそうなんで遠慮したんだよ」

「すみません。でも、お席に呼んでいただけて、とても嬉しいです。わたしの日本語、おかしくありませんか？」

「ちょっとアクセントに癖があるが、ちゃんと通じてるよ。何か好きなものをオーダーしてくれないか」

真崎は脚《あし》を組んだ。卓上には、スコッチ・ウイスキーの水割りとオードブル皿が置かれている。

琴恵《クンネ》が片手を挙げ、黒服の男を呼び寄せた。カクテルを頼み、すぐに前に向き直る。二十六歳のはずだが、妖艶《ようえん》だった。熟女の色香を漂わせている。

「お客さまのお名刺、いただけますか?」

「あいにく持ち合わせてないんだよ。山田《やまだ》というんだ」

真崎は、ありふれた苗字《みようじ》を騙《かた》った。

「自由業に見えますが……」

「音楽プロデューサーなんだが、もう何年も前からCD不況だから、仕事はだいぶ減ってしまったんだ。先のことを考えると不安になるんで、酒で紛《まぎ》らしてるんだよ」

「生きていくのは大変ですよね。この店に来られるようになったのは……」

「気まぐれに入ってみたんだ。そしたら、息を呑《の》むような美人がいたんで、三日連続で通うことになったわけさ」

「それ、わたしのことですか?」

「そう。もう彼氏がいるんだろうけど、まだ独身なら、略奪愛も不可能じゃないと思ってね」

「あら、怖い方！」

「でも、大門なんとかって客にぶっ飛ばされちゃうかな。ほかのホステスにその彼のことを教えてもらったんだ。二人はラブラブだから、入り込む余地はないと言われちゃったよ」

「大門さんにはよく指名していただいてますけど、わたしたち、特別な関係じゃありません」

「それが事実なら、熱心に言い寄るか」

「どう答えれば、いいんでしょう？」

琴恵《クンネ》が困惑顔になった。

会話が途切れたとき、黒服の男がカクテルを運んできた。

アレキサンダーだ。ブランデーにカカオと生クリームを加えてシェイクした後、生のナツメグを振り掛ける。アルコール度は二十三度だが、甘口で飲みやすい。

黒服の男が下がる。二人は軽くグラスを触《ふ》れ合わせた。

「きみは、いつ日本に来たの？」

「三年半前です。それまでソウルの商事会社の事務職に就《つ》いてたんですけど、こちらの旅行会社で働きたくなったんですよ。でも、採用してくれる会社はありませんでした。それだから、この店に勤めるようになったんです」

「そう。韓国出身者を採用する企業が増えてるようだが、変に警戒する会社もあるんだろうな」

「ほら、脱北者を装《よそお》った独裁国の工作員が日本に潜《もぐ》り込んでたケースがあったじゃないか」

「警戒？」

「そうみたいですね」

「朝鮮人民軍の軍事584号室のスパイが日本に何十人も潜入してるって話なんだ。その真偽は、確かめようがないけどね」

「そういう怖い話は、わたし、よくわかりません。北の若き指導者の考えはとても理解できないですね。多くの韓国人は、わたしと同じだと思います」

「だろうな。酒場で政治と宗教のことを話題にするのは野暮《やぼ》だし、タブーとされてる。喧《けん》嘩《か》の種を蒔《ま》くことになりかねないからね」

「ええ。山田さん、愉《たの》しい話をしましょうよ」

「そうだな。きみは、どういう男が好みなの？」

「ルックスはどうでもいいんです。一本筋《すじ》が通ってて、優しい男性に惹《ひ》かれますね」

「それ、おれのことじゃないかな。一度、店が休みの日にデートしてくれないか。気骨があって、思い遣《や》りもあることがわかるだろうからさ」

「売り込み上手なんですね」

「そうかな。今夜、アフターにつき合ってよ」

「あなたとはきょうお目にかかったばかりです。気心がわかるようになりましたら、アフターに誘ってください」

「うまく逃げたな」

「そういうわけではないんです」

「きみの言う通りだな。三十回ぐらい指名してから、きみをアフターに誘うか。ちょっとトイレに……」

真崎は立ち上がって、出入口近くにあるトイレに足を向けた。十時半を回っている。

今夜は、もう大門は『ソウルナイト』には顔を出さないだろう。琴恵《クンネ》にさりげなく探《さぐ》りを入れてみたが、少しもうろたえなかった。彼女が脱北者を装ったスパイだとしたら、少しは落ち着きを失うのではないだろうか。

真崎はそう思いながら、トイレに入った。

誰もいなかった。用を足して手を洗っていると、懐で私物のスマートフォンが振動した。大門の住まいの近くで張り込み中の野中からの連絡だった。

真崎は個室ブースに入ってから、スマートフォンを耳に当てた。

「大門に何か動きがあったようだな？」

「そうなんです。少し前に大門は国家公務員住宅の近くにあるコンビニに出かけたんだけど、その帰りに二人の四十歳前後の男に拉致《らち》されそうになったんだ」

「二人組の風体《ふうてい》は？」

「堅気《ネス》に見えたけど、どっちも頬骨が高かったな。そいつらは一言も発しないで、大門の両腕をいきなりホールドしたんです。大門が全身で暴れたんで、二人の男は脇道に逃げ込んだ。大門は自分の塒《ねぐら》に走っていった」

「そうか」

「逃げた二人は、軍事584号室の工作員なんじゃないのかな。大門が男たちと揉み合ってた路上に、北の若き独裁者の顔を象《かたど》ったバッジが落ちてたんですよ」

「そのバッジを回収してくれたな？」

「もちろん！　大門は北の女スパイの尹琴恵《ユンクンネ》に本気で惚れちゃったんで、警察の裏金とやくざマネーを呉《ウー》たちに強奪させたんじゃないのかな。独裁国は経済的にすごく苦しいだろうから、工作員どもは大門に次はデパートの売上金か銀行の金を狙えと命じる気だったのかもしれませんよ」

「しかし、大門はそこまではやれないときっぱり断った。だから、二人組に連れ去られかけたんじゃないかって読みだな？」

「ええ、そうです。将軍のバッジが落ちてたわけだから」

「野中、ちょっと待てよ。バッジのことだが、いかにも作為的《さくいてき》じゃないか。北朝鮮関連グッズは、ネットで簡単に買える。独裁者のバッジは入手可能だぞ」

「そうなんですが……」

「琴恵《クシネ》は北の工作員じゃなさそうなんだ。誰かが大門俊樹に濡衣《ぬれぎぬ》を着せようと企《たくら》んでる気がするな」

「そうだとしたら、逃げた二人は日本人だったのかもしれないね」

　野中が呟くように言った。

「ああ、多分な」

「自分の読みは浅かったわけか。言われてみれば、二人組が将軍のバッジを現場に遺《のこ》すのは不自然だな。真崎さんの筋読みのほうが当たってるんでしょう」

「二人組は北の工作員を装って、大門を部屋から連れ去るかもしれないな。野中、もうしばらく張り込みを続行してくれないか」

「了解！」

「この店を出たら、そっちと合流するよ」

　真崎は電話を切った。トイレから出て、席に戻る。

「六本木で飲んでる大手レコード会社の制作部長から誘いの電話があって、これからそっちに行かなければならなくなった。近々、きみを指名するよ。チェックを頼む」

「わかりました」

琴恵《クンネ》が席を離れた。勘定は四万円弱だった。

真崎は琴恵《クンネ》に見送られて、飲食店ビルを出た。覆面パトカーは一ツ木《ひとつぎ》通りに駐めてあった。そこまで歩き、スカイラインに乗り込む。

スコッチの水割りを五杯飲んだが、酔いは浅い。それでも、少し酔いを醒《さ》ましたほうがよさそうだ。

真崎は背凭《せもた》れを傾け、上体を預けた。

十数分後、人事一課監察の新高首席監察官からポリスモードに電話がかかってきた。

「外事二課《ソトニ》の秋津隆幸《あきつたかゆき》課長とは同県人なんで、尹琴恵《ユンクンネ》の情報を提供してもらったんだ。琴《クン》恵《ネ》はソウルで生まれ育って、北には親族がひとりもいないそうだ。脱北者じゃないだろうね」

「ええ、多分」

「大門俊樹は外事二課に移るまで、外事一課でロシアを担当してたらしいんだ。そのときに通信社記者だったエレーナ・ゴロデンスカヤをスパイとして取り込んで、ロシアの情報を入手してたそうだよ」

「やるじゃないですか」

「しかし、エレーナはダブルスパイだったんだ。二人は男女の関係になったんだが、ロシアの女スパイは大門がシャワーを浴びてる間に鞄《かばん》の中を検《しら》べてたらしい。そのことに気づいた大門はエレーナと縁を切ったんだが、数カ月後に彼女は行方不明になったというんだよ。いまも安否はわからないという話だったね」

「大門は自分を利用した女スパイを殺害したんではないのかな」

「そう疑えるね。しかし、エレーナの死体が発見されてないんで、連邦保安庁はいまも彼女を工作員リストから外してないそうだよ」

「そうですか」

「これは単なる偶然なんだろうが、その当時、外事一課の課長は馬場参事官だったんだ。そのことは確認したから、間違いないよ」

「大門がエレーナというロシアの女スパイを葬《ほうむ》ったことを上司だった馬場さんが知ったら、慌てるだろうな。公安捜査に反則はつきものですが、部下が人殺しをしたとなると……」

「事件を公《おおやけ》にはできないだろうね」

「馬場参事官が大門の致命的な弱みを握ってるとしたら、かつての部下にどんな命令もできるでしょう」

「そうだろうね。実は、もう一つ気になることがあるんだ」

「どんなことなんです？」

「言ってもいいものかどうか……」

「新高さん、教えてくださいよ」

真崎は頼み込んだ。

「いいだろう。馬場参事官の母方の従兄《いとこ》の八神透《やがみとおる》、五十五歳は遣《や》り手の弁護士だったんだが、投資詐欺で有罪になって資格を剝奪《はくだつ》されてしまったんだ」

「それは、いつのことなんです？」

「二年近く前だね。服役してから元弁護士は、核シェルター設備会社を設立したんだ。日本は中国や韓国と領土を巡って睨み合いがつづいてるんで、いつか戦争になるかもしれないという危険を孕《はら》んでる」

「ええ。そう考えてる富裕層の何百人かが、自宅の庭にシェルターを造ったという記事を週刊誌で読んだことがあります」

「そう」

「で、その事業はうまくいってるんですか？」

「意外に客が少なかったようで、開店休業状態みたいだね。元弁護士は地熱発電の会社を新たに設立したんだが、そちらも資金不足で順調ではないようだ」

「そうなんですか」

「八神の会社の登記簿を閲覧《えつらん》したらね、なんと従弟《いとこ》の馬場参事官が役員に名を連ねてたんだよ」

「えっ⁉」

「公務員の副業は厳禁なのに、取締役のひとりになってる。参事官は縁者に前科者が出たことで、出世コースから外されることになると考えたんだろうか」

「キャリアのプライドがありますんで、現職にしがみつくような真似はしたくなかったのかもしれませんね」

「それで、馬場参事官はロシアの女スパイを殺害した疑いのある大門に警察の裏金を強奪しろと命じたとも考えられるな」

新高が言った。

「そうだと仮定しましょうか。馬場参事官は、滝沢が現職時代に捻り出した裏金の隠し場所をどうやって突きとめたんでしょう？　参事官は『桜田警友会』の会長兼事務局長とは交友がなかったと思いますがね」

「会計職員だった三橋圭佑と馬場参事官は落語ファンで、寄席で何度か顔を合わせてたみたいなんだ。そのとき、三橋は参事官に警察内でまだ裏金づくりが密かに行われてると洩らしたんではないだろうか。臆測なんだが、あり得ないことではない気がするな」

「馬場参事官は大門に三橋をマークさせて、裏金のことを調べさせたのかもしれませんね。そうだとしたら、警察ＯＢの滝沢が『桜田警友会』の事務局に多額の裏金を保管してることを知ったんでしょう。すぐにも裏金を強奪するつもりでいたんだが、三橋と逸見警部に犯罪計画を覚《さと》られた不安が出てきた」

「それだから、殺し屋《プロ》に三橋と逸見君を始末させたんだろうか。時任かすみは堺が怪しい会計文書に目をつぶって滝沢の裏金づくりに協力してたことを小西真由から聞き、鎌をかけたりしたんで……」

「三橋と心中したように見せかけて、有毒ガスで殺されたんでしょうね。堺を亡き者にさせたのは滝沢かもしれませんが、三橋と逸見の死には大門と馬場参事官が絡んでるんだと思います。馬場参事官の従兄の八神透も疑わしいですね」

「ああ、怪しいな。三橋になりすまして『東銀座グレースホテル』に予約した男は三十代の男だったんじゃなかったか？」

「ええ、そうです。三橋と時任かすみを片づけたのは、大門なのかもしれません。しかし、逸見警部を殺《や》ったのは犯罪のプロなんでしょう。堺も同じでしょうね」

「真崎警部は、実行犯に心当たりがあるんじゃないのか？」

「外国人で構成された裏便利屋グループが犯行《ヤマ》を踏んだと思われます」

真崎は呉《ウー》たち四人のことを話した。

「その連中を雇ったのは、大門なんじゃないのか」

「そうではないと思います。呉《ウー》は雇い主が大門であることを割に早く白状したんですよ。大門はアンダーボスで、ビッグボスは馬場参事官なんでしょう」

「警察官僚が一連の事件の首謀者だったとしたら、暗然とした気持ちになるね。とにかく、大門と馬場参事官をマークしつづけてみてほしいな。頼むよ」

新高が通話を切り上げた。

飲酒運転をすることに少し後ろめたさを覚えたが、真崎はスカイラインを走らせはじめた。同じ港区内にある国家公務員住宅に着いたのは、十七、八分後だった。

真崎はベンツの後方に覆面パトカーを停めたが、運転席から出なかった。私物のスマートフォンを使って、相棒の野中に新高から聞いた話を伝える。

「『桜田警友会』にS&WのM360Jが隠されてたと真崎さんに言ったのは、確か馬場参事官でしたよね？」

「そうだ。馬場参事官のミスリード工作だったんだろうな。逸見警部を葬ったのは、滝沢だと思い込むように仕組んだにちがいない」

「そうなんですかね。首謀者は、真崎さんのすぐ近くにいたわけか。天野刑事部長も参謀の裏の貌《かお》を知ったら、ショックを受けるでしょうな。人間不信に陥《おちい》るんじゃないかな」

「そうだろう」

「あっ、大門が外に出てきた！　表通りに向かいました」

野中が早口で告げた。

「自宅にいたら、二人組に押し入られるかもしれないという強迫観念に囚《とら》われて、ホテルに泊まる気になったんだろうか」

「そうかもしれないね。真崎さん、リレー尾行しましょう」

「そっちが先に車を出してくれ」

真崎は電話を切った。

ベンツが低速で走りだした。真崎は十数秒後、スカイラインを発進させた。大門は表通りに出ると、通りかかったタクシーを捕まえた。

コンビは前後になりながら、慎重にタクシーを追尾しつづけた。タクシーは第三京浜をひた走りに走り、横浜《よこはま》市都筑《つづき》区の外れの丘陵地に入った。真崎は車間距離を取った。ベンツも減速する。

タクシーが停まったのは洋風の二階家だった。真崎たちは車を降り、洋風住宅に接近した。大門が家の中に入った。

次の瞬間、呻き声がした。どうやら大門はサイレンサー・ピストルで撃たれ、玄関の三和土《たたき》に倒れ込んだようだ。

「そっちは待機しててくれ」

真崎は野中に言って、ショルダーホルスターからベレッタ92FSを抜いた。安全装置を外し、内庭に躍《おど》り込む。

真崎は玄関のドアを大きく開けた。

足許に大門が転がっていた。眉間《みけん》を撃ち抜かれている。もう生きてはいないようだ。

「真崎君、何も見なかったことにしてくれないか。従兄の八神透とわたしは生き直すために、どうしても警察の裏金とやくざマネーが必要だったんだよ」

馬場が縋《すが》るような目で言い、マカロフPbを肩の高さに掲げた。片手撃ちの姿勢だ。

「参事官が主犯だったなんて、皮肉なことです。おれは、あなたを尊敬してた。裏切られて、腹立たしいですよ。発砲したら、あなたの頭をシュートします」

「どんなに頼んでも無駄かね？」

「往生際が悪いな。奥に呉《ウー》たち四人がいるんだったら、呼べばいい」

「連中はもう日本にはいない。タイのチェンマイに高飛びさせたんだ。三橋と時任かすみは大門に始末させたんだが、逸見、堺、滝沢はチャチャイ・サムポンが片づけたんだよ。ついでに教えてやろう。フリージャーナリストの川瀬を溺死させたのは、滝沢に雇われた男なんだ。ジャファリ、サムポン、オズリボの三人は警察の裏金とやくざマネーを強奪してくれた。三人を束ねてた呉《ウー》にも世話になったんで、後日、現地の指定銀行に五千万ずつ振り込むことになってる」

「大門は外事一課時代にエレーナというロシアの女工作員を殺害して、遺体をどこかに隠したんでしょ？」

「そこまで調べ上げてたのか。大門は女スパイの亡骸《なきがら》を硫酸クロムで骨にして、奥多摩山《おくたま》林の土中に埋めたんだよ。あいつの殺害シーンを、わたしはこの目で見てたんだ」

「それで、大門をダミーの首謀者に見せかけたんだなっ」

「その通りだよ。大門は真の黒幕の名をバラされたくなかったら、わたしに分け前を五億寄越《よこ》せと要求してきたんだ」

「要求を呑《の》むと誘《おび》き出して、大門を永久に眠らせたわけか。警察の裏金とやくざマネーはどこにあるんだ？」

「奥の納戸《なんど》に隠してあるよ。ここは、従兄が借りた家なんだ。きみまで殺したくなかったが、やむを得ないな」

「撃て！　撃てるものならね」

真崎は声を張った。

馬場が引き金の遊びを絞り込んだ。真崎は屈《かが》み込み、先に撃った。反動《キック》は小さかった。

放った銃弾がマカロフPbに命中した。小さな火花が散った。消音型拳銃は玄関マットの上に落ちて、小さく跳《は》ねた。幸いにも暴発はしなかった。

尻餅《しりもち》をついた馬場が掠《かす》れる声で訴えた。

「わたしの心臓部を撃ってくれ。生き恥なんか晒《さら》したくない」

「硬骨漢ぶってたが、悪人だったんだな。がっかりしましたよ」

「惻隠《そくいん》の情を示してくれてもいいじゃないか」

「エリートどもは結局、自分のことしか考えてないんだな。見損ないました」

真崎はマカロフPbを踏みつけ、ベレッタ92FSをホルスターに戻した。硝煙は、まだ玄関に蟠《わだかま》っている。

遣《や》り切れない。哀《かな》しくもあった。真崎は吐息《といき》をつき、腰のサックから手錠を抜いた。

著者注・この作品はフィクションであり、登場する人物および団体名は、実在するものといっさい関係ありません。

本書は、『密命警部』と題し、二〇一四年十二月に光文社文庫から刊行された作品に、著者が大幅に加筆修正したものです。

突撃警部

一〇〇字書評

切り取り線

**購買動機**（新聞、雑誌名を記入するか、あるいは○をつけてください）

- □（　　　　　　　　　　　　）の広告を見て
- □（　　　　　　　　　　　　）の書評を見て
- □ 知人のすすめで
- □ タイトルに惹かれて
- □ カバーが良かったから
- □ 内容が面白そうだから
- □ 好きな作家だから
- □ 好きな分野の本だから

・最近、最も感銘を受けた作品名をお書き下さい

・あなたのお好きな作家名をお書き下さい

・その他、ご要望がありましたらお書き下さい

| | | | | | |
|---|---|---|---|---|---|
| 住所 | 〒 | | | | |
| 氏名 | | 職業 | | 年齢 | |
| Eメール | ※携帯には配信できません | 新刊情報等のメール配信を 希望する・しない | | | |

この本の感想を、編集部までお寄せいただけたらありがたく存じます。今後の企画の参考にさせていただきます。Eメールでも結構です。

いただいた「一〇〇字書評」は、新聞・雑誌等に紹介させていただくことがあります。その場合はお礼として特製図書カードを差し上げます。

前ページの原稿用紙に書評をお書きの上、切り取り、左記までお送り下さい。宛先の住所は不要です。

なお、ご記入いただいたお名前、ご住所等は、書評紹介の事前了解、謝礼のお届けのためだけに利用し、そのほかの目的のために利用することはありません。

〒一〇一-八七〇一
祥伝社文庫編集長　清水寿明
電話　〇三（三二六五）二〇八〇

祥伝社ホームページの「ブックレビュー」からも、書き込めます。
www.shodensha.co.jp/bookreview

祥伝社文庫


突撃警部《とつげきけいぶ》

令和 3 年 9 月 20 日　初版第 1 刷発行

著　者　南《みなみ》　英男《ひでお》
発行者　辻　浩明
発行所　祥伝社《しょうでんしゃ》


東京都千代田区神田神保町 3-3
〒 101-8701
電話　03（3265）2081（販売部）
電話　03（3265）2080（編集部）
電話　03（3265）3622（業務部）
www.shodensha.co.jp


印刷所　堀内印刷
製本所　積信堂
カバーフォーマットデザイン　芥　陽子





Printed in Japan ©2021, Hideo Minami ISBN978-4-396-34760-4 C0193

# 〈祥伝社文庫　今月の新刊〉

**長岡弘樹**
## 道具箱はささやく
『教場』『傍聞き《かたえぎ》』のエッセンスのすべてがここに。原稿用紙20枚で挑むミステリー18編。

**西村京太郎**
## 十津川警部　長崎　路面電車と坂本龍馬
グラバーが長崎で走らせたSLを坂本龍馬が破壊した!?　歴史に蠢く闇を十津川が追う！

**松嶋智左**
## 開署準備室　巡査長・野路明良《のじあきら》
姫野署開署まであと四日。新庁舎で不審事が続発する中、失踪した強盗犯が目撃されて……。

**南　英男**
## 突撃警部
警官殺しの裏に警察を蝕む巨悪が浮上。心熱き特命刑事真崎航のベレッタが火を噴く！

**笹沢左保**
## 取調室2　死体遺棄現場
事件解決の鍵は「犯人との会話」にある。〝落としの達人〟はいかにして証拠を導き出すか!?

**長谷川　卓**
## 柳生双龍剣《やぎゅうそうりゅうけん》
熊野、伊勢、加賀……執拗に襲い掛かる異能の忍者集団。〝二頭の龍〟が苛烈に叩き斬る！

**澤見　彰**
## 鬼千世先生　手習い所せせらぎ庵
薙刀片手に、この世の理不尽から子供を守る。熱血師匠と筆子の温かな交流を描く人情小説。